レトロ喫茶おおどけい

内山純

双葉文庫

CONTENTS

レトロ喫茶おおどけい

開店前

銅鑼《どら》の響きのようなくぐもった時計の鐘の音が、階下から聞こえてきた。

羽野島颯《はのしまはやて》は集中して描いていたイラストから顔を上げると、携帯の画面で時刻を確認する。

「久しぶりだな」

長い首をコキコキと動かしたのち、部屋を飛び出して階段を駆け下りた。白シャツの襟元に蝶《ちょう》ネクタイを着けながら廊下を進み、店に入る。

客は一人もいない。

窓一面から差し込む七月の陽光が珈琲《コーヒー》色の店内に降り注ぎ、種々雑多なものたちをキラキラと輝かせていた。年代物のレジスター、ピンク色のダイヤル式公衆電話、それぞれ形の異なるステンドグラスのテーブルランプ、壁際の棚に並ぶ古びた雑貨……

庇《ひさし》を下げておくのを忘れていたな、とハヤテは反省する。しかし、やがて日も傾くから問題ないだろう。

一度、深呼吸する。店に染みこんだコーヒーや洋食やスイーツのにおい、そしてお客さんたちの想いが入り混じったような独特の空気が好きだった。

フルール・ド・リス模様の鮮やかな緑だったという壁紙は今や薄茶色に変貌し、楡無垢《にれむく》の焦げ茶色のフローリングは磨き込まれて黒光りしている。分厚い一枚板のカウンター、細かい傷がついた木製のテーブルや椅子、小さく継ぎの当てられた革張りソファ。すべてが長い歳月を物語っていた。

ことに、入口そばに置かれた海老茶色《えびちゃ》の大型置時計《ホールクロック》はこの店一番の年寄りで、堂々たる貫禄を見せている。

視線をカウンター前の揺り椅子に移した。

ちんまりと座る小柄な高齢女性は、軽快なジャズをBGMに心地よさげに居眠り中だ。

ハヤテは静かに声をかける。

「おばあちゃん、時計、例の音だったね。これからそのお客さんが来るのかな」

彼女は目を開けると、物憂げに視線をよこした。

「ハヤテさん、店内では〝ハツ子さん〟よ」

すみません、と言う代わりに、孫息子は肩をすくめた。

ハツ子はう～んと伸びをしたのち、時計に一瞥《いちべつ》をくれる。

「なかなか入ってこないところをみると、その御仁は表のベンチに座っていたりするのかもしれないわ」年齢の割には艶《つや》のある丸い頬に、皺《しわ》が深く刻まれた手を当ててしばし考え込んだ。「打ち水、かしらね」

なぜだか嬉しそうな祖母に、孫はぼそりと答える。

「古い手だね」

「昭和っぽいでしょ？」ハツ子はふふふと笑う。「うまくやってちょうだい」

青年は水色のバケツに水を張りアルミの柄杓《ひしゃく》を持つと、ひょろ長い身体をリズミカルに動かし、夏まっさかりの戸外へ向かった。

不変の
クリームソーダ

「おめでとう、睦美《むつみ》。とってもきれいよ」

キャンドルサービスで回ってきたジューンブライド《六月の花嫁》に声をかけた亜希《あき》は、緊張で引《ひ》き攣《つ》る口元を手でそっと隠した。新婦からは輝くばかりの笑みが返ってくる。

「ありがとう、亜希。今日は楽しんでいってね」

〝こぢんまり〟と聞いていたのに参列者は五十人もいて、青山《あおやま》の洒落《しゃれ》たパーティ会場はいかにも煌《きら》びやかだった。新婦のほかに知り合いのいない亜希は、逃げ出したい気持ちを堪《こら》えて友人枠テーブルに懸命に張り付いていた。私は睦美の〝同志〟なんだから、きちんとしていなければ。

会場が暗くなりスクリーンに映像が映し出され、新郎新婦の生い立ちが紹介されていく。四十代同士の二人の歴史はそこそこ長そうだ。亜希と新婦との付き合いはここ五年ほどだから、ツーショットは後半になってからだろうと胸を高鳴らせて待つ。

ようやく見覚えのある画像が現れた。麹町《こうじまち》の有名なカフェの前で二人揃って立っている。睦美は流行《はや》りのワンピース姿で颯爽《さっそう》としていたが、亜希はあの日寝坊して遅刻しそうになったため、ちぐはぐな色合いのブラウスとスカートを着ていた。恥ずかしくて頬が火照ったが、いい写真が他にもあるはずだと顔を上げ続けた。

しかし、それきり自分の姿が映ることはなかった。スライドが終了して祝福の拍手が起きる中、亜希は大きな失望を覚えていることに気づいた。

吉住《よしずみ》亜希は、小さいころから目立たない子だった。

家は新潟の酒米農家で、両親は数人を雇い入れいつも忙しくしており、亜希と二歳年上の姉は祖母に面倒を見てもらうことが多かった。姉はわがままだが美人であけっぴろげな性格で、祖母や従業員たちはあきれながらも楽しそうにかまった。一方、亜希は平凡な顔立ちと大人しい性格が相まって、いつも後回しにされたり忘れられたりした。

しかし、特に不満もなかった。姉のようにいちいち騒ぎを起こすのは性に合わないし、たくさんの人の中にいると疲れてしまう。周囲から受ける刺激で体調を崩すことも多かったので、「淡々と」「一人で」「変わらず」過ごすことを大切にした。

小学校三年のとき、学校の帰り道で急な土砂降りに見舞われた。亜希はいつもの歩調で帰宅し、家の前でぐしょ濡れのスカートを絞《しぼ》り、玄関にあった雑巾で足を拭いて家に入り、着替えて髪を乾かしてからリビングに行った。少し遅れて帰ってきた姉は一緒に帰宅した友達二人と床を水浸しにしつつ、祖母に予期せぬ大雨の被害を訴えていた。常と変わらぬ様子の亜希を見た祖母は「亜希ちゃんは今日、学校を休んだのだったかしら」とつぶやいたものだ。

いつも遠慮がちな亜希にも、ひとつだけ譲れないことがあった。スイーツだ。甘いものには目がなかったので、親が取引先などからお土産にお菓子をいただいたときは、姉が好物を取ってしまう前に知らせてほしいと祖母に頼んでいた。

祖母はその通りにしてくれ、嬉しそうにスイーツを食べる孫娘を目を細めながら見守った。

――亜希ちゃんは自分をしっかり持っていて偉いね。そのまま変わらずに大きくなってちょうだい

そんな優しい祖母は中学一年のとき天に召された。亜希は中、高と変化の少ない学校生活を淡々と過ごしたが、成績が優秀だったのと、姉が先に上京していたことから、東京の大学に進む決意をした。

少しだけ夢を抱いた。都会に出たら私も、ファッション雑誌で見るような華やかな女子大生になれるかも。

しかし、派手な雰囲気の同級生とは友達になれず、結局、授業が終わるとすぐ帰宅して、ずぼらな姉の代わりに料理や掃除をこなす日々だった。

四年間真面目に勉強してゼミの教授の推薦をもらい、新宿《しんじゅく》にある中堅どころの商社に入社し、総務部に配属された。

上司は十歳年上の少々そそっかしく自己保身の強い女性で、仕事の指示がしばしば適切ではないことに亜希は気づいたが、波風を立てぬよう黙って従った。上司のミスが亜希になすりつけられても、先輩や同僚は見て見ぬふりをした。損な役回りが多かったが、必要とされているのは間違いないと割り切り、働き続けた。

二十代後半になると年の近い女子社員は次々と結婚していったが、亜希に良縁はなかった。一度だけ同じ年の男性とお付き合いをしたが、相手のペースに合わせすぎて疲れてしまい、結局、フラれる形で関係は終わった。その後は恋愛に臆病になった。

三十歳を超えたころ、姉が結婚して夫の転勤先の海外へと旅立ったことで一人暮らしが始まった。騒がしい姉が去った2DKのマンションは妙に広く感じられ、引っ越し先を探し始めると、なぜか体調が悪くなった。近所の内科医院で「気持ちの問題かもしれないね。あなた変化に弱いでしょ」と指摘され、引っ越しはあきらめた。

淡々とした生活を常に心がけたが、亜希にとって唯一ともいえる特別の楽しみがあった。週末におしゃれなカフェで大好きなスイーツを食べることだ。

スマートな雰囲気の広々とした店内で、大勢の客たちのざわめきをBGMにしながらくつろぐと、自分も都会的な女性になったように思えた。逆に、常連客ばかりの小さな店は苦手だった。疎外感でいたたまれなくなる。

住んでいるマンションの一階にできたカフェも、お気に入りのひとつだ。大きなグラスにアイスクリームがたっぷり盛られたクリームソーダは、見た目も味もボリュームも大満足だった。

その店で睦美と出会ったのは、三十代後半のある日のこと。

期間限定メニュー欄に『特選お楽しみクリームソーダ』とあり、さっそく店員にオーダーすると、今日は売り切れてしまったと告げられる。

大いに落胆し、いつものクリームソーダを頼んだとき、隣の女性一人客の視線に気づいて赤面した。たかがスイーツで一喜一憂するなんて、と思われたかしら。

しかし、その女性は気さくに話しかけてきた。

——あたしもそれ頼んだのに売り切れだったの。残念ね～

人懐こい雰囲気のその女性は快活にしゃべり続けた。気後れしながらも対応していると、クリームソーダが二つ運ばれてくる。

彼女のはレモン、亜希のはメロン。

——子供のころに食べたのと変わらない味。これはこれでいいね
睦美と名乗った女性は美味しそうにアイスをすくった。

変わらないことが、いい。

そんなふうに言われたような気がして嬉しくなった。

さらに話すうちに共通点がいくつも見つかった。同い年で、地方出身で大学から東京に

出て事務員として勤めており、独身で現在彼氏なし。そしてスイーツが大好き。

彼女はあっけらかんと言う。

――会社の人や学生時代の友達とは当たり障りなく付き合うけど、いろいろ面倒だよね。心からくつろげるのは、共通の趣味があって、気兼ねのいらない、言わば〝同志〟みたいな人と一緒にいるときよ
帰りがけに連絡先を交換しようと提案したのは、亜希からだった。

二人は定期的に会うようになった。週末に、都内はもちろん神奈川や山梨まで足を延ばして一緒にスイーツを堪能することは、亜希の平坦な人生において、なくてはならない大事なルーティーンとなった。

物静かで話下手の亜希に、明るくおしゃべりな睦美は相性がよかった。ただ、彼女は少々身勝手なところがあり、当日になって急に行く店を変更しようと言い出したり、財布を忘れたからと亜希に飲食代を立て替えさせ、催促されなければ支払いを忘れていたりした。

――亜希はほんとに優しいねえ。あたし、いつも甘えちゃってごめん
そう言われると嬉しかったし、睦美のおかげで以前よりも快活な人になれたと感じていた。もっと甘えてもらってもいい。こんな時間がずっと続けばいい。

しかし出会ってから四年余りしたとき、変化は突然訪れた。

――あたし、結婚することにしたの

結婚願望はないと断言していた睦美からそんな言葉が飛び出すとは思いもよらず、衝撃を受けた。友人を介して知り合った男性からプロポーズされたという。

内心の動揺を隠して出席した結婚パーティのスクリーン上映で、数ある思い出の写真の中から睦美が選んだ一枚を見た亜希は、大きな失望を覚えた。

帰り道、突然大雨が降ってきた。傘がなく、新調したワンピースをずぶ濡れにしながら黙々と歩いた。玄関の前でスカート部分を絞り、靴箱にあった雑巾で足を拭いて室内に入る。

突然、涙がこぼれてきた。

ぐしょ濡れのまま座り込んだリビングの床に水滴が落ち、亜希の心からこぼれ出た虚しさのように見えた。

快活な人になれた、なんて勘違いだった。〝同志〟だと言われていい気になったが、実は睦美の明るさを浴びていただけだ。その証拠に、スクリーンにはあいも変わらぬ冴えない女が映っていたではないか。

甘えていたのは私のほうだった……

その後こちらから連絡できずにいると、一ヶ月後に睦美からメールが届いた。旦那さんと嬉しそうにカフェで乾杯する写真が添えられている。

冒頭の「ごめん連絡遅くなって。いろいろ忙しくて」という文字の後には長文が続いていたが、幸せな新婚生活が綴《つづ》られているに違いなく、それ以上読まずに「お幸せに。私も忙しくなり、もうカフェ巡りは無理そうです」と嘘の返信をした。

私はもともと一人。これからも変わらない生活を続けていくしかない。

そんなふうに心を決めた矢先、マンションを管理する不動産屋から通知が来た。老朽化のため建て替えるので、退去してほしいという。海外の姉に相談すると、補償金額は申し分ないし通知の期間も適切だから引っ越せばいいと言われる。

——むしろ、よく今まであのボロマンションで我慢していたわね。早くきれいな部屋に越しなよ

長年の間に増えた物を整理するのは気が遠くなりそうだった。環境が変化することも不安だ。だが姉は力説する。

——亜希もいいかげん引っ込み思案を直して、もっと変われるように努力すべきよ。いい機会じゃないの

動揺した気持ちを落ち着けるべく、少しご無沙汰していた一階のカフェに行ってみる。

しかし、店頭の貼り紙が追い打ちをかけた。

——当店は建て替えのため、〇月〇日で閉店となります

否応なく環境が変わっていく。それに対応していかなければならない。

ならばいっそ、姉の言うように自分から変わる努力をすべきではないか。

翌週、亜希はいつものひっつめ髪と地味なスーツをやめて、髪を下ろしてブルーのワンピースを身に着け、精一杯のメイクを施して出社した。しかし後輩が眉をひそめたり密かに笑っているような気がして、翌日はもとに戻した。

変わるって、どうしたらいいの？

ある日、上司の指示がまたも不適切だったので、そのままでは作業をやり直す羽目になると考えた亜希は思い切って「このフォームのほうがシンプルで効率がよいですが」と提言してみた。むっつり黙り込んだ上司は、別の若い社員を呼んでその仕事を任せた。それ以降、亜希には雑用しか回ってこなくなった。〝自分が必要とされている〟なんてただの思い込みだったと悟る。

体調を崩し数日休んでしまったが、これ以上休んだらどんどんダメな人間になるような気がして、無理をおして出社した。上司は冷たい視線をよこし、メールに添付すれば済むような書類を東中野《ひがしなかの》の専門学校に持っていく雑用を命じてきた。

――あ、そのまま直帰でいいから。具合悪い人がいると効率下がるし
会社にはもう私の居場所はないのか。虚しい心持ちで七月の蒸し暑い屋外へ出た。

届け先の事務員は、重要でもない書類をわざわざ持参してきた亜希を不思議そうに見返

してきた。逃げるように飛び出し、駅までの小さな商店街をのろのろと歩く。強い陽射しは、亜希を天から押し潰すかのように容赦なく降り注いでいた。

通り沿いのショウウィンドウに映った己の姿に愕然《がくぜん》とする。髪はボサボサで背中が丸く、目の下に色濃いクマが張り付いていた。私、こんなに老けてた？

歩くのも困難なほど疲れているのに気づき、店舗と店舗の間の路地にあった木製ベンチに、よろめくように座り込んだ。

助けて。誰か助けて……

足元に何かがパシャッ、と飛んできた。

ぼんやり顔を上げると、細面《ほそおもて》の青年が大きな目に心配そうな色を浮かべて見おろしている。筋の通った鼻、長い首、ゆるやかにウェーブがかかった短い黒髪。宗教画に描かれている、マリアに受胎を告げる天使みたいに神々しい。

「ごめんなさい。濡れてしまいましたね」

小声で告げた天使は手に金色の柄杓と青いバケツを持ち、亜希の足元を見ている。グレーのローヒールには水滴がついていた。

「拭きますので、店に入ってください」

「店？」自分の声がかすれているのに驚く。身体もこわばっていた。ずいぶんと長い間、ベンチに座っていたようだ。「なんの、店ですか」

彼ははにかむように微笑み、ベンチの脇の茶色い電飾看板を指した。

《喫茶おおどけい》とある。

天使が金の柄杓をすっと奥に向けたので、亜希は導かれるように立ち上がった。
五、六歩ほど行くと、右側の店舗の先に木造の茶色い建物が続いていた。路地の奥は行き止まり、左側は別の低層ビルの壁だ。茶色い建物の奥側にあるドアは上部がカラフルなステンドグラスになっており、中央には振り子時計の模様が描かれている。
彼がドアを引くと、店内のすぐ左側に本物の大時計が鎮座していた。

亜希の背より高い海老茶色のフロアークロック。古びてはいるが大層美しく、威厳がある。ガラス面は大きく、ＣＤ大の黄金色の振り子が左右に規則正しく揺れていた。

「いらっしゃいませ」

小柄な老婦人が、丈の長いメイドエプロンを着けてちんまりと立っていた。

七十代……八十歳くらいだろうか。細くて背筋がぴんと伸びている。顎の高さで切り揃えられたゆるやかなウェーブヘアは潔いほど真っ白だ。額や目尻に深い皺が刻まれているが、頬は丸く艶がある。黒目がちの丸っこい瞳は、いくつになっても好奇心を失わないぞとばかりに嬉しそうに輝いていた。

亜希は新しい店に入るときの癖で、さっと店内を確認した。

全体的に茶系で薄暗く、客はいなかった。大小合わせて五台のテーブルはそれなりにスペースをあけて置かれているのにどこかごちゃごちゃした印象を受けるのは、壁際の棚やピアノの上に雑多なものがたくさん並べられているせいだろう。四半世紀ほど前の昭和のまま時が止まったかのようで、亜希が好んで利用するカフェとは趣が異なりすぎて戸惑いを覚える。

ただ、そこここに置かれたステンドグラスのテーブルランプの光には、心惹かれるあたたかさを感じた。

青年が老婦人に向かって言う。

「ハツ子さん、実はこの方に打ち水をかけてしまって」

「まあまあ、それはすみません」ハツ子と呼ばれた女性は高齢にしては張りのある大きな声で、青年よりもはきはきとしゃべった。「こちらのソファがいいわ。一息入れてくださいな」

古色蒼然とした猫足の二人掛けソファにそっと腰掛ける。皮張りの表面は昔は緑色だった片鱗《へんりん》が見て取れるが、すっかり色褪せて珈琲色の店内に溶け込んでいた。

「ごめんなさいね、うちの店員が粗相をしてしまって」

彼女はよっこらしょとしゃがんで亜希の足を拭こうとしたので、慌てて止める。

「いえ、自分で」

タオルを受け取り、たいして濡れていない靴をぬぐいながら再び室内を見回す。定員は二十人ほどだろうか。ソファ席のすぐ左に揺り椅子が一脚。その向こうがカウンターで、奥は厨房。その後ろの壁は窓で、右端にガラス戸が付いている。中庭に通じているようだ。カウンターの端の壁に『食品衛生責任者　羽野島ハツ子』というプレートが貼られていた。この女性が店主なのだろう。

「ハヤテさん」彼女はやれやれと首を振る。「水撒きは周囲をよく見てやらないと。まったく、いつもぼんやりしているんだから」

「すみません、おばあちゃん……ではなくハツ子さん」

丸くくっきりした目のあたりがよく似ているので、青年は孫だろう。おばあさんは〝かわいい〟という形容がぴったりだし、孫は祖母を思いやっているように見える。子供のころかわいがってくれた自分の祖母を思い出した。冴えない私をいつもあたたかく見守ってくれていたっけ。

思わずため息が漏れた。

老婦人はふと顔を上げたのち、元気よく言った。

「お詫びに、なにか召し上がっていただきたいわ」

亜希は無性に甘いものが食べたくなった。ちゃんとお支払いすればいいのだから、とハツ子が差し出した茶色いカバーのメニューを開く。きれいなイラスト付きの凝ったデザインだ。コーヒー、紅茶、オレンジジュース、レモンスカッシュ、そして……

クリームソーダのイラストに目が吸い寄せられる。透き通るようなグリーン、爽やかなレモン。睦美と会ったときに飲んだクリームソーダが蘇った。

——子供のころに食べたのと変わらない味。これはこれでいいね
感情がこみ上げてきて、グリーンのグラスの絵が涙でにじむ。

あのときクリームソーダを頼まなければ睦美と親しくなることもなく、こんなふうに虚しさを覚えることもなかった……

堪えきれず落涙してしまった。慌てて目を押さえる。

「す、すみませ」焦るほど、感情が昂《たかぶ》ってしまう。「こんな、みっともない……」

「いいえ、ちっとも」

凜とした声に、亜希は顔を上げた。

喫茶店の老店主は、聖母のように慈愛に溢れた笑みを浮かべていた。

「どうしようもなく泣きたくなる時って、あるわよ」

その言葉で亜希の涙腺《るいせん》は壊れてしまった。あとからあとから涙がこぼれる。

いつの間にかハツ子が隣に座って、優しく背中を撫でてくれていた。

ようやく激情の波が静まる。

「ご、ごめんなさい、大の大人が、初めてのお店でこんなふうに」

ハツ子は、なんでもないというようにうなずいた。

「差し支えなかったら、お名前をお伺いしてもいいかしら」

素直に名乗る。

「亜希さん」ハツ子は微笑む。「メニューのなにかが引き金になったのかしら」

話してしまおうか。でも、初対面の人に？

そうしてもいいような気持ちになっていた。老店主のあたたかいまなざしに心がほぐれていくのを感じ、亜希は必死に言葉を探した。

「クリームソーダは私にとって……いい思い出とそうでもない思い出がセットでやってくるメニューなんです」

ハツ子は背筋をしゃんと伸ばし、亜希のすぐ脇で待ち構えている。ハヤテはカウンター前に自然体で立っていた。

亜希はぽつりぽつりと話し始めた。引っ込み思案で友達がおらず、環境の変化に弱いことを自覚し、淡々とした生活を続けてきたこと。しかし、睦美という〝同志〟と出会い、人生が楽しく感じられるようになったこと。その女性が結婚してしまい、思いのほか打撃を受け、自分も変わらなければと焦って失敗したこと……

心に溜まった澱《おり》が吐き出されるように、言葉が溢れた。

「この年になって、これまでの自分が全部否定されてしまったようで……私ってなんのために生きているんでしょう。どうやったら変わることができるんでしょう。そもそも、変わらないといけないんでしょうか」すがるように言ってから、恥じた。「すみません、こんなこと答えようがないですよね」

ハツ子は、つと立ち上がる。

「奇遇だわ」

大時計の隣にある小型のチェストに近づき、家庭用プリンタ大のグレーの古びた箱の上部を開きながら続けた。

「クリームソーダは私にとっても、いい思い出とそうでもない思い出が同時にやってくるメニューなのよ」

箱の脇にレバーのようなものを差し込むと、それはポータブル蓄音機になった。

彼女はチェストの引き出しから平たい四角いものを取り出した。レコードだ。黒い円盤をジャケットから出して、丁寧にターンテーブルに載せる。青年がカウンターに入り壁のスイッチを操作すると、店内に流れていたＢＧＭが止まった。

「ハヤテさん。二番目の引き出しにあるレシピでクリームソーダを作ってくださいな。私の分もお願い」

彼は小さくうなずき、黒いソムリエエプロンをまとった。

ハツ子は小さい身体をリズミカルに動かしてレバーを回し、針の部分を慎重にレコードに落とす。

ジジ、という独特の雑音と共に音楽が流れた。

管楽器やウクレレのような弦楽器の序奏のあと、男性の歌声が始まった。

漠然と洋楽を予想していたが、亜希が聞いたことのない雰囲気の日本語の歌だった。ジャンルは、あえて言うならジャズだろうか。〝リズムにのって陽気にステップを踏む〟という内容で、〝古くさい〟というより〝レトロな〟と表現したほうが似合いそうな、明るく心躍るメロディだ。亜希はおずおずと告げた。

「年代物のレコードのようですね」

「『リズムに浮《うか》れて』。私が十代の時分によく聴いていた曲よ」愛らしくウィンクする。

「私はここ東中野で生まれ育ったのですけれどね、このあたりは新宿が近いこともあってモダンなお店がたくさんあったの。私の旦那様のお父さんがやっていたこの喫茶店では、和製のジャズ音楽がいつも流れていたわ」

曲が終わり、彼女は針をレコードから外した。

「母と旦那様のお母さんが親友同士だったので、私は小さいころからこの《喫茶おおどけい》によく連れてきてもらって、クリームソーダを飲んだの。甘いものが大好きだったから夢中になったわ」

おばあさんが小さかったころとなると、ずいぶん昔であろう。

「クリームソーダ……というか、炭酸ってそんなに昔からあったんですか」

「子供のときから普通に飲んでいたわよ。アメリカでは二百年ほど前からあって、当初は炭酸水に甘みをつけたものが薬局で薬として売られていたそうです」

「ソーダが、薬?」

「その後、だんだんに今のようなスイーツに変化していったのね。日本でそれに目をつけたのが、調剤薬局の資生堂《しせいどう》の創始者、福原有信《ふくはらありのぶ》さん」

「資生堂って、化粧品会社の? もとは薬局だったんですか!」

銀座《ぎんざ》にある薬局内で〝アイスクリームソーダ〟を売り出したのが日本で初のクリームソーダ。文豪の森鷗外《もりおうがい》もことのほかお気に召したという。おなじみのスイーツが明治時代から飲まれていたとは驚きだ。

ハヤテが慎重な足取りでカウンターから出てきた。

「お待たせいたしました」

底に丸みのある背の高いグラスをテーブルに置く。亜希は目を瞠《みは》った。

グラスは濃厚な赤い液体で満ちていた。その上に、月みたいにまん丸なバニラアイスが載っている。

「真っ赤ですね。これは、イチゴ?」

「トマトジュースよ。私が発明したの。十四歳のときに」ハツ子は得意そうに笑みを浮かべた。「なあんてね。あの日はお店の定休日。マスター……旦那様のお父さんとお母さんは所用で留守だったわ。集まったのは旦那様と」

「その時はまだ結婚していなかったのでは？」

孫息子の指摘にハツ子は不満げに下唇を突き出すが、すぐに笑顔に戻る。

「そのころは〝近所の優しいお兄さん〟という感じだった未来の旦那様と、私の九歳下の妹、それから従兄《いとこ》の宗助《そうすけ》さんが横浜《よこはま》から来てくれて」

ハツ子の分のクリームソーダがきたので、亜希は自分の前の席を勧めた。

「何年ごろのことだったんですか」

「昭和十六年。ちょうど今日みたいに暑い七月の下旬だったわねえ」

西暦に直すと一九四一年だから……今から七十四年前。ということは、ハツ子さんは現在……八十八歳？　とても見えない。

老店主は嬉しそうにストローをグラスに挿すと、少し吸い込んだ。

赤いジュースが揺れて、アイスとの境目に白い波模様がまったりと広がる。濃厚な液体の中でいくつもの小さな気泡が、あたかも〝リズムにのってステップを踏む〟かのようにダンスするのを、亜希は心躍る思いで見つめた。

「そのとき、今のレコード曲を聴いたのよ」

ハツ子の語尾にかぶって、大時計の鐘が〝ボウワワァァ～ン〟と鳴った。遠くで聞こえる汽笛のような、少し長めの、どこか気怠《けだる》さを感じる音だ。

「そのころは日中戦争のさなかで、贅沢は敵だという雰囲気が世の中にどんどん広まりつつあったわ。だから、喫茶店でのんびり甘いものを食べるのも気がとがめてしまうほどだったの」

亜希の視界がぼやけてくる。頭が重い。さっき激しく泣いたせいだろうか。首を小さく振ってみたが、ハツ子の顔が三重にもぶれていた。

時計音は何度も続いた。時報ならばキリのいい時間にその数だけ鳴るものだが、今は二時……二十分過ぎ……？　文字盤に目を凝らすが、針がぐにゃりと歪んで見える。

音の振動が身体全体に響き、まるで綿の中に身体が沈んでしまうような、いや、ふわりと宙に浮き上がるような……

「そんな時節だったけれど、私は新しいクリームソーダを作ることに夢中になってねえ……」

ハツ子の声が水中から聞こえてくるようにくぐもっている。目が、開けていられない……

「だんぜん、トマトジュース！」

その声に、亜希ははっと顔を上げた。

目の前に白いブラウスを着たおさげ髪の女の子が座っている。

私、うたた寝していたのかしら。いつの間に別のお客さんが……

「トマトジュースは、そのまま飲んだほうが美味しいのではないかい」

少女の隣の、いがぐり頭の若い男性が優しい口調で言う。

この人たちは誰だろう。どうして私のテーブルに座っているのか。

亜希はそっと室内を見回した。足に水をかけられて《おおどけい》という喫茶店にいたはずだが、テーブルや椅子の形状がさきほどと違うし、そこここに置かれていた雑貨やレトロなテーブルランプが消えている。

自分を見おろし、驚いた。細くて棒のような子供の足が青いミニスカートから伸びている。手も小さい。顔や髪に触れてみると、肩まであるはずの髪はラップのコマーシャルの少女のようなおかっぱ頭だし、顔もひどく小ぶりだ。

私、小さい子供になっている？

助けを求めるように目前の二人に視線をさまよわせると、少女のほうが言った。

「シイ子、目が覚めたのね。《おおどけい》に来てすぐに眠ってしまっていたのよ」私は、シイ子……？　「喉渇いた？」

亜希が思わず首を横に振ると、彼女は隣の男性に主張する。

「トマトジュースのクリームソーダはぜったいに美味しいと思う！」

祈るように組んだ両手を楽しそうに上下に揺らす女の子は中学生くらいだろうか。瞳がぱっちりと大きく睫毛が長い。そのほかのパーツは小作りで、昔の少女漫画に出てきそうな、可憐で快活な雰囲気をもっている。

落ち着け。

亜希は自分に言い聞かせた。

これは夢よ。四十四歳の私が急に子供になるなんてあり得ない。

しかし妙にリアルだ。目の前のテーブルに触れることができるし、クーラーが見当たらない室内は蒸し暑いし、開け放たれた窓の外からはセミの声も聞こえる。

「新しい味に挑戦しましょうよ」少女が乗り出しながら言う。「さっき聴いたレコード曲で思いついちゃったの。『リズムに浮れて』って、明るくて情熱的でしょ。そんなクリームソーダを作りたいの」

亜希は気づいた。この子、《喫茶おおどけい》の店主ハツ子に似ている。

さきほど彼女は十四歳のときの思い出を語り始めていた。その話を聞いているうちに眠ってしまい、ハツ子の語りに沿った夢を見ているのではなかろうか……

よく見れば、室内の構造はさっきの店と似ている。ソファ席の左側にカウンター、その奥が厨房で壁面は窓。反対の右側には店の入口。ただしステンドグラスのドアではなく木製だ。その脇に、さきほどの店でも大きな存在感を示していた大時計が鎮座している。しかし、どうやら動いていない。

　背の高い若者がカウンター奥から出てきて言った。

「宗助くんがわざわざ持ってきてくれたのだから試してみようか。アイスクリームは、父ほどうまくはできなかったが僕も作ってみたし」

　その青年に目が釘付けになる。

　頬骨が高く鼻筋が通っており、太くまっすぐな眉の下の瞳は力強い輝きを放っている。短髪で、袖をまくり上げた着古した白シャツと黒いパンツと下駄というシンプルな出で立ちなのに、青春映画の主人公のように華やか且つ爽やかだ。

「では、ハッちゃん発案のトマト味クリームソーダを開発してみよう」

　そう宣言した眼前に座る若者は、主人公の親友で真面目な高校球児といった役どころが似合う、誠実そうな顔立ちをしていた。

　ハツ子が椅子の上で弾むようにリズムを取りながら、亜希に極上の笑顔を見せた。

「シイちゃん、半分こして飲もうね！」

「遠慮しなくていいよ」イケメンの……というより〝二枚目〟と形容したほうがよさそうな青年は快活に言う。「ハッちゃんとシイちゃんにひとつずつ作ってあげるから。宗助くんが五本も持ってきてくれたんだよ」

「ありがとう栄一《えいいち》さん。でもシイ子はまだ五歳で、たくさん飲んだらお腹こわしちゃうし、トマトジュースは貴重品だもの。明日以降にお客さんに出してあげられるように、残りは取っておいたほうがいいわ」

栄一と呼ばれた青年は目を細めてうなずき、カウンター内に戻る。

亜希は全員を見回しながら、頭を整理しようと試みた。

私は〝シイ子〟。ハツ子は姉で、十四歳。向かいの坊主頭の青年は〝従兄の宗助さん〟だろう。二十歳前後と見受けられる。

カウンター内で作業をする〝栄一〟が、ハツ子の未来の旦那様。宗助と同年代か。おばあさんの彼女がうっとり顔で夫の話をしていたから、私の夢の中でもこんな二枚目として登場したのかもしれない。

そのうち目が醒《さ》めるだろうから、このまま様子を見よう。五歳の女の子役なら、特にしゃべらなくても違和感はないだろうし。

それに、少しだけワクワクした。クリームソーダの開発なんて。

「宗助さんは今は、伯父さんの貿易会社を手伝っているの?」

ハツ子が話しかけると、彼は落ち着いた様子で肩をすくめた。

「会社のほうは父にまかせっきりさ。実は、横浜のホテルのレストランで働き始めたんだ」

「ステキ」少女は両手を合わせて弾むように言う。「昔から器用だったから、料理人はぴったりよ。どんなものを作っているの？」

「ケーキやゼリーなどのデザート担当だけれど、まだ見習いだから雑用ばかりさ」

「夢みたいなお仕事ねえ」

宗助は小さくため息をつきながら答える。

「そんなふうに言ってくれるのはハッちゃんくらいだ。父は、多くの若者が戦地でお国のために働いているのにケーキ作りなんぞにうつつを抜かしおって、とお怒りなんだ」

ハツ子は不満げにおさげ髪を揺らした。

「甘いものは人を幸せにするのよ。それを上手に作る人はたくさんの人を幸せにできるんだから、素晴らしいと思うけれど」

宗助は相好《そうごう》を崩した。

「ハッちゃんにかかると、世の中すべてがうまくいきそうだな」

「私はいろんなことがあってもどんどん前に進むって決めているの。そのほうが面白いでしょ」

ハツ子の瞳が潔いほど明るく輝き、亜希は衝撃を受けた。

面白いから前に進む……そんなふうに考えたことは一度もなかった。

「ハツ子ちゃんはいつでも前向きだからね」

栄一が言いながらカウンターから出てきた。まっすぐで背の高いグラスを三つ、お盆に載せている。

中身は……濃い赤色。小さな泡が液体内でキラキラと踊っている。さきほどハツ子の孫のハヤテが作ってくれたクリームソーダに似ていたが、アイスは載っていない。

「うわあ、きれい！　甘いもの、久しぶり～」

「東京ではそんなに物資が入りにくいのかい？」

宗助の言葉に、ハツ子は下唇を突き出した。

「うちの婦人会の会長、とってもうるさいの。贅沢品はもちろん禁止。戦争の役に立ちそうなものはどんどん拠出しろって、毎日のように町内を巡回しているのよ」

亜希は遥か昔に習った日本史を思い起こす。戦時中の日本国民は『贅沢は敵だ』のスローガンのもと、言わば隣近所で監視しあうようなシステムを作らされていたのだ。クリームソーダは当然、贅沢品だったろう。

栄一は小さな容器と大ぶりのスプーンを持って戻ってくる。

「うまくできたと思うよ」

アルミの四角い容器に入った黄色いペースト状のものは手作りのアイスクリームだろう。亜希のよく知るものとは異なりシャリシャリした雰囲気で、シャーベットに近いように見えた。

「アイス、アイス、あ～あこがれの、アイス～ッ！」

ハツ子が歌うように両手を広げると、男性陣が笑った。

亜希も声を出して笑っていた。

こんな楽しい気持ちはいつ以来だろう。

栄一はひとさじすくうと、宗助の前に置かれたグラスの上でスプーンをゆっくりと傾けた。黄色い塊がジュースの上に載り、クリームソーダが完成する。

「私にもやらせて！」

ハツ子が叫んだので、栄一はアイスを山盛りにしたスプーンを渡す。

少女は真剣な面持ちでスプーンをグラス上で小さく振った。

黄色の固体は、ゆっくりと真っ赤な液体の上に落ちた。小さな赤い世界に細かい気泡とさざ波が起き、ひょっこり載った丸い島が歓迎の拍手を浴びているかのようだ。

グラスもアイスもまったく洗練されていないのに、亜希がこれまでに見たどのクリームソーダよりも美しく、喜びに満ちていた。

「きれい」ハツ子が夢見るようにつぶやく。「クリームソーダって地球みたい」

「地球？」

宗助が首をかしげると、ハツ子は顔をグラスに近づけて答える。

「最初にジュースと炭酸が混ざり合って海になる。アイスは大地。それがお互いに響きあって、新しい世界を作るのよ」

亜希の想像とハツ子の言葉が似ていたので、心があたたかくなる。

栄一から渡された茶色いストローを、ハツ子はゆっくりグラスに挿し込んだ。この時代はプラスチックのストローはなかったのかもしれない。彼女は一口飲もうとして、はっとしたように亜希を見た。

「シイちゃん、先に飲んで」

思わずうなずいてしまってから、急いで首を横に振る。こんなに楽しみにしているハツ子を差し置いて先に飲むなんて。

「遠慮しないで。ぜったいに美味しいはず」

確信に満ちた瞳に促されてグラスを受け取り、亜希はそっと一口、吸い込んだ。

氷は少ししか入っていないのでいつも飲むクリームソーダのような冷たさはなかったが、柔らかい甘さとほどよい酸味が絶妙に入り混じったトロリとした液体が、ゆったりと喉に届いた。トマトジュースと炭酸がこんなふうにマッチするとは。

思わずもう一口吸い込む。

今度はアイスの冷たい甘みも加わり、酸味とシュワシュワ感が相まって、口内に小さな地球の美味しい世界が広がった。

「……おいしい！」

亜希が叫ぶと、さざ波のような笑いが起きた。

全員の幸せそうな顔を眺めるうち、亜希は改めて……いや初めて実感した。

スイーツの美味しさをこんなふうに共有できるって、なんて贅沢なのだろう。

そういえば、有名なカフェの人気スイーツを独りで食べたときよりも、睦美と一緒に堪能したお菓子のほうが格段に美味しく感じられたものだ。睦美が〝同志〟と言ったのは、こんな時間の共有のことだったのかもしれない。

三分の一ほど減ったグラスをハツ子に差し出すと、彼女は受け取ってうっとりと飲み、感嘆の声をあげた。

「トマトジュース、ホントにいいわあ。宗助さんありがとう！」

従兄は小さなガッツポーズを作る。

「この店に来るのは僕も楽しみだから、またなにか調達できたら持ってくるよ」

ハツ子が真剣な表情で言う。

「私、将来こういうお店をやりたいなあ。ここ、手伝わせてもらえないかなあ」

「ハツ子ちゃんが働いてくれたら店が明るくなっていいね」

のほほんと言った栄一を、ハツ子は軽く睨む。

「本気ですからね。誰もが気軽に来られて、美味しいものがあって、それでちょっと悩んでいたりしたら相談に乗ってもらえて、ほっとするひとときを過ごせる場所。そういうところで働きたいの」

「それはありがたい」栄一は目を細めた。「でもハツ子ちゃんが店番をしたら、いつもなにかしら甘いものを食べていそうだな」

「毎日クリームソーダ食べちゃう」

ハツ子がぺろりと舌を出しながら、アイスをすくう。

「アイスを食べて、ちょっとジュースを飲んで、時間が経つと混ざってきて、また違った味を楽しめる。クリームソーダって、ワクワクするのよね」

「見た目も味も、少しずつ変化していくのを楽しむ。それがクリームソーダの醍醐味《だいごみ》だね」

ゆっくり変わっていくのを楽しむことが醍醐味、か。ステキな言葉だ。

「世の中も、人間も、そんなふうにゆっくり変わっていけたらいいけれど」

栄一が端整な顔に翳《かげ》りを見せたので、亜希は再び日本史の記憶を辿る。

昭和十六年の夏。日中戦争が長引いて日本の物資が不足しはじめていたころだろう。そんな中で、ハツ子たちは新たなクリームソーダの開発という小さな出来事を、大きな幸せとして味わっているのだ……。

「さあて、そろそろ運び出そう」

宗助が満足そうな表情で立ち上がった。

「宗助さんは、時計を持っていくために来たのだったわね」

ハツ子も立ち上がると、ドア脇の大時計に近づいた。

「この時計、栄一さんのお父さんが息子誕生の朝に大喜びしてあちこちに知らせにいったら、知り合いのお金持ちがお祝いにくれたのよね」

栄一の父は売れないジャズピアニストで、何人かの裕福なファンの援助でようやく生計を立てていたという。

「ご贔屓《ひいき》の旦那さんが出産祝いに、手に入れたばかりの舶来の大時計を譲ってくださった。父は大喜びしたけれど、母は、狭い家に置く場所なんかないと嘆いたそうだ」

そして八年前、栄一の父は祖父から相続されたこの土地に喫茶店を開業し、時計が店内に設置されたのだそうだ。

栄一もハツ子の隣に立つと、慈しむように時計のガラス部分にそっと触れた。

「僕はこれが自分の分身だと思っている。物心ついたころから時計の世話は僕の役目で、一日も欠かさずネジを巻いてきた。掃除もマメにしたから、十九年経つけれどほとんど狂いもなく動いてくれている」

「でも」亜希は思わず声を出していた。皆がこちらを見る。怯みながらも、小さな指で時計を指した。「どうして今は止まっているの？」

栄一が文字盤を見つめながら言った。

「夢を見たんだよ」

「……夢？」

「時計が話しかけてきたんだ。『私はこのままでは壊されてしまいます。どこかにかくまってください』って」

亜希は仰天した。

時計が自分で『かくまって』と言うなんて。

いや、今のこの瞬間がすでに夢の中なのだから、どんな設定もアリだろう。

「妙にはっきりした夢だったから嫌な予感がして、宗助くんに頼んで横浜の貿易会社の倉庫の隅に隠しておくことにしたんだ」

今が七月だとすると、約五ヶ月後に日本海軍はハワイの真珠湾を攻撃する。この先にはさらに多くの悲劇が待ち構えているのだ。亜希は切なくなった。

「よし。梱包するか」

「手を煩《わずら》わせてすまない」

宗助は潔く笑った。

「時計のたっての頼みとあっては、聞かないわけにいかないさ」

栄一と宗助が古い布で時計を包み出した。亜希は隣に置かれている箱に見覚えがあったので、聞いてみた。

「その箱、蓄音機？」

「よく知っているね、シイちゃん」栄一が爽やかに笑う。「レコード共々、父さんが大事にしているものなんだ」

亜希は心に浮かんだことを言おうか言うまいか大いに迷った。いつもの自分ならば余計なことは発言しない。だが、今の私はシイ子だ。

「それも、いっしょに隠したら？」

亜希の言葉に、栄一は目を見開いた。

「蓄音機も？」

「それと、レコード」

彼は一瞬困ったような笑みを浮かべたのち、眉根を寄せた。

「このまま米国との関係が悪化すれば、アメリカ生まれのジャズが禁止なんてことも……」

しばし考え込んだのち、亜希に向かって真剣にうなずく。

「シイちゃん、ありがとう。悪いが宗助くん、蓄音機とレコードも頼む」

ハツ子は明るく笑う。

「じゃあ、もう一度だけ聴きたい。さっきの曲」

栄一は手早く蓄音機を開き、慎重にレコードをセットする。

さきほど《喫茶おおどけい》で聴いた、日本人男性の明るいジャズの歌が流れた。

明るい曲だが、なんだか物悲しく感じられた。

ふいに目の前がくるくると回り出した。お酒に酔ったかのように頭がぼうっとして眠気が襲ってくる。

止まっているはずの大時計が、少し寂しげな響きの鐘を鳴らした。

瞼《まぶた》が、あけていられない……


「こぼれますよ」

声をかけられ、亜希ははっと顔をあげた。

向かいにはおばあさんのハツ子。脇に立つのは栄一ではなく、孫のハヤテ。

そしてハツ子が指していたのは手つかずの赤いクリームソーダ。アイスが少し傾き、グラスの端からこぼれ落ちそうになっている。

慌ててスプーンですくって、一口食べる。

冷たくて甘い。そしてさっき食べたアイスと味がよく似ている気がした。

……〝さっき食べた〟？

店内を見回す。茶色い内装、愛らしいテーブルランプ、そこここに置かれた雑貨。ここは、現代の喫茶店だ。

「それでね」ハツ子は立ち上がりながら言った。「大時計と蓄音機とレコードを梱包して、宗助さんのオート三輪で運び出してもらったのだけれど」

そっと自分の顔を触る。もとの〝亜希〟に戻っているようだ。安堵《あんど》とともに、残念なような不思議な気持ちになる。

ハツ子は蓄音機の針を再びレコードに載せた。『リズムに浮れて』がかかる。

「あのあと私たちの暮らしはどんどん窮屈になって、二年後にはアメリカの音楽が禁止になったわ。レコードが無事だったのは、五歳の妹が『いっしょに隠したら』と提案してくれたおかげね」

自分の提案が通ってよかった。いや、あれは夢の中の出来事……

レコードが回るのを見つめるハツ子を横目に、ソファの脇に立っていたハヤテに訴えてみる。

「あの、私、さっき五歳の女の子になっていたような」自分の言葉があまりに変なので付け加えた。「夢、を見たのかも」

青年は驚くふうでもなく言う。

「楽しかったですか」

亜希がうなずくと、彼は柔らかい笑みを浮かべた。

思い出話の世界に入り込む夢を見たのだろう。しかし、妙にリアルな感覚が残っている。

室内の熱い空気、人々のあたたかいまなざし、なにより、あのジュースののど越し……

ハツ子は愁いを帯びた表情を見せた。

「あのころ、私たち日本人は右往左往させられていた。アメリカが石油輸出をストップして日本は窮地に立たされたの。その少し前までアメリカ映画なんかが普通に上映されていたのに、急に米英がにっくき敵国になってしまって」

亜希はさきほどの夢の世界を思い起こす。もし自分がその時代にいたら……

「急激な変化には、順応するのが難しかったでしょうね」

「みんな、流されるように順応させられたのね。同調圧力がすごくて右へ倣《なら》えだったけれど、時計をこっそり隠したのはいいタイミングだったわ。あの年の九月には金属類回収令が出たので、大時計はいずれ没収されたでしょうから」

亜希は、美しく輝く大時計を見つめた。

「時計が『かくまって』と夢で言ったそうですが、本当は旦那さんの先見の明だったんですね」

「あの人、独特の嗅覚があるというか、危険を察知する能力が高いというか。不思議な人なのよ」

『だったのよ』とは言わないので、ひょっとして御存命なのか。ハツ子よりも年上なのだから生きていれば九十代。亜希はついキョロキョロする。

カウンター上にハガキ大の額縁があり、高齢のカップルが描かれた淡い色合いの絵が飾られていた。女性は今のハツ子に似ている。そして男性は……あの二枚目の栄一の面影をもつ、白髪の老人。

視線に気づいたハツ子が微笑む。

「ハヤテさんの水彩画よ。彼、イラストレーターのお仕事もしているの」

「絵、お上手なんですね」

ハヤテは照れたように小声でぼそぼそ言った。

「毎年おばあちゃんの誕生日に描いていまして、それは今年の誕生日のもので……」

「店ではハツ子さんでしょ」

旦那さんもお元気らしい。よかった。

ハツ子が亜希の正面に戻ってきて言った。

「さきほど、『変わらないといけないんでしょうか』とお聞きになりましたけれど、私は、今の亜希さんのままでも充分ステキだと思いますよ」

目頭が熱くなる。

「ご自分の芯《しん》を持っていらっしゃる方とお見受けします。こんなに長く生きてきた私が言うのだから、間違いないわ」

亜希はまた涙腺が崩壊しそうになる。しかし今度のは感動の涙だ。

ハツ子は優しく続けた。

「人は外圧で否応なく変わらなければいけない時もあります。もしそんなことがあったら、クリームソーダを思い浮かべてみたらどうかしら。違う味が混ざり合う変化は、なんだかワクワクしますでしょ」その笑みはあたたかい。「見ていたら、案外自分でかき混ぜてみたくなるかもしれませんよ」

クリームソーダみたいに、ワクワクする変化、か……

ドアが開き、中年女性が数人、どやどや入ってきた。

「ハツ子さん、こんにちは〜。今日も暑いわねえ」

ハヤテがカウンター内に入ると、再び、ゆったりとしたジャズが流れた。

ハツ子とハヤテがお客さんの対応に追われるのを見つめ、平和で、豊かで、いつでもスイーツを楽しめる時代のありがたさを実感しながらクリームソーダを味わった。

私はいろいろと焦っていたのかもしれない。

睦美の結婚は確かにショックだ。でも、彼女はもともと身勝手なところがあって、それが魅力でもあった。見捨てられたといじけもしたが、ちゃんとメールをくれていた。ろくに読まずにシャットアウトしたのは自分のほうだ。

考えてみると上司だって、従順な私が急に反発するような言い方をしたことに仰天して、ことさら冷たい態度を取ったのかもしれない。自分の主義を押し通す人だとわかっていたではないか。もっと違った形で提案すれば、彼女も聞く耳をもってくれたかもしれない。

半分ほどになったグラスを見つめ、栄一の言葉を思い出す。

――少しずつ変化していくのを楽しむ。それがクリームソーダの醍醐味だね

ハツ子は今の亜希を肯定してくれた。でも、一切変わらずに生きていくことは不可能だ。それならば身の回りに起きる変化を恐れたり戸惑ったりせず、クリームソーダを楽しむように、じっくりと味わっていけばいいのではないか。

必死になるのではなく、面白いから前に進む。

そんな心持ちで取り組んでいけたら……

ソーダを飲み終えるころ、また客が入ってきて店内が騒がしくなった。

人々のざわめき、コーヒーやスイーツのにおい、テーブルランプのあたたかな光。

都会的な洒落たカフェもいいが、レトロな喫茶店がこんなにも心を穏やかにしてくれるものとは。

そんなふうに気づけたことも、小さな変化かもしれないと喜んだ。

さっきのことが本当に夢だったのかは追求しないことにした。昭和の時代にタイムスリップして楽しいひとときを過ごしたなんて誰も信じないだろうし、かえってケチをつけられたりしたら残念な気持ちになる。だから、この経験は私だけの秘密だ。

亜希はハヤテに声をかけ、押し問答の末、クリームソーダの代金を支払った。

ハツ子は中年女性客たちにつかまって盛り上がっており、亜希が挨拶すると「またいら

してね」と大きく手を振ってくれた。

入口までエスコートしてきたハヤテに、亜希は振り返って言った。

「私、もうすぐ引っ越さないといけないんですけど、この近くにしようと思います」

前に進むことを宣言して胸が躍る。不安がないわけではないけれど、仕事もまた頑張ろう、睦美にも連絡して、最高に居心地よいレトロなカフェを見つけたから旦那さんと一緒に来ませんかと誘ってみよう……そんなふうに思えた。

「お気が向いたら、ぜひまたどうぞ」

ハヤテに見送られ、狭い路地を通って商店街に出た。戸外は相変わらず熱気でむんむんしていたが、亜希の心には和やかな風が吹いているようだった。

皿洗い

「おばあちゃん、あのレシピを出してもよかったの？」

閉店後、ハヤテは洗い物をしながら聞いた。

揺り椅子に沈み込んだハツ子は、ため息を飲み込むように口を引き結んだのち、ぼそりと言った。

「私も、前に進まないとね」

「ハツ子さんは常に猪突猛進だと思うけど」

「褒め言葉として受け取っておくわ」片頬で笑う。「あのお客さんに必要だと感じたから、出すことにしたの」

ハヤテが黙ってうなずくと、ハツ子は遠い目をした。

「シイ子とスイーツを楽しんだのはあの日が最後になってしまった」

孫息子はゆっくりと言った。

「シイ子さんが亡くなったのは、その二ヶ月後だったんだよね」

「もともと病弱だったけど、肺炎が悪化してあっという間だった。もっと栄養のあるものを食べさせてあげたかったのに」

皺だらけの両手を、なにかを摑もうとするように前に突き出した。

「……悔しかった」

その手は虚しく空《くう》を切り、膝の上に戻る。

ハヤテはカウンターのスツールに座ると両膝の間に手を挟み込んで、伏し目がちに祖母を見た。

いい思い出とそうでもない思い出、か。

毎年七月になると、祖母が一人でこっそりトマトジュースのクリームソーダを作って飲むのを孫息子は知っていた。あのクリームソーダは、妹との楽しい時間を思い起こさせるものであり、同時に〝無念〟の味が混ざり合っているものなのかもしれない。

やがてハツ子は微笑んだ。

「亜希さんと一緒にあのソーダを飲んで、気持ちがすっきりしたわ」

「あの人も前に進もうとしている様子だったよ。よかったね」

二人は同時に時計を見た。

「不思議ね。この時計」

「おじいちゃんの夢に出てきて『かくまってください』と言うくらいだから、なにか特別な力が備わっているんだろうな」

ハツ子はしみじみと言った。

「それをわかっている孫がいて、よかったわ」

ハヤテもゆっくりと返した。

「それを無条件に信じてくれるおばあちゃんがいてくれて、僕もよかった」

ハヤテは身をもって知っていた。大時計がいつもの時報とは異なる響きの鐘を鳴らすとき、それが聞こえる者にはなにかが起きることを。

どんな仕組みで起きるのかはまったくわからない。だが、なぜそれが起きるのかは、なんとなくわかる。

時計は、救いを求める人を察知するのだ。

不格好な
プリン・ア・ラ・モード

帽子を被《かぶ》ってくるべきだった。

武藤詩織《むとうしおり》は、そんな当たり前のことも思いつかない自分が悲しかった。

ジジジジ、というアブラゼミの大合唱が頭上から容赦なく降り注いでくる。どれくらいこうして歩いたろう、午後の強い陽射しに晒《さら》され続けて頭が朦朧《もうろう》としてきた。肩も腕も、腰も痛い。

商店街の中ほどで、店舗と店舗の間の路地に古びたベンチを見つけた。日陰だ。倒れるように座り込む。額の汗が流れて目に入った。

誰か。

誰か私を助けて……

ついさきほどの出来事が脳裏に浮かぶ。

雑然としたリビングで、泣き止まない赤ん坊を抱いて歩き回っていた。

うるさい、うるさい。泣き止め雄太《ゆうた》。

揺すりながら室内をうろつき、壁に近づく。

ゆらゆら、ゆらゆら。

このまま勢いよく揺すったら雄太《ベビー》は壁に激突して、泣き止むかも。
大きく腕を動かし、
赤ん坊の頭は壁へ……

詩織は、幼いころからものごとが整然としているのが好きだった。

小学一年生の入学式前夜、翌日の持ち物と服を自分で枕元に並べ、朝起きるときちんと服を着て、忘れ物がないかダブルチェックしてから出かけた。そのやり方は大人になっても続くことになる。

小五のとき、学校の掃除用具ロッカーの乱雑さに我慢できず、全学年のロッカーを回って一人で整理した。あまりに整然としたので、ローカルテレビ局が『千葉市内でもっともきれいな清掃用具入れがある小学校』として紹介したほどだった。

人生には綿密なプランとそれを実行する手段が必要だ、と詩織はいつも考える。幸い彼女には、計画を立てる論理的な頭脳と実行に移す手際のよさ、それに忍耐力もあった。

唯一の弱点は、甘いものが大好きでついつい食べ過ぎてしまうことだった。だが、成績アップなどの節目には両親がご褒美にホテルのカフェに連れていってくれたので、それを楽しみにして、きちんと自制した。お気に入りは東京お茶《ちゃ》の水《みず》にあるホテルのカフェの、プリン・ア・ラ・モード。プリン、アイス、色とりどりのフルーツがバランスよく盛られている上、スワンの形のシュークリームが完璧に美しく、見た目にも整然さを求める詩織のおめがねに適っていた。

スイーツのおかげか進学も順調で、希望の中学、高校、大学へ計画通りに進んだ。ともに高校の教師である両親は、そんな一人娘が自慢だった。

就職は東京の大手商社へ。役員秘書室に配属となって大いに手腕を発揮した。役員たちのスケジュールはかつてないほど合理的に管理され、役員室も秘書室も美しく整理整頓された。詩織が通りすぎるとすべての物が魔法のようにまっすぐ並んでいる、という噂まで立った。

詩織の人生は順風満帆だったが、二十代後半で結婚する計画は少々遅延した。仕事が楽しかったのが主な要因だ。

三十歳を過ぎたころ、友人を介して五歳年上の男性と知り合った。ビジネスマンとして非常に優秀だと聞いていたが、第一印象は〝穏やかそうな人〟だった。

五回目のデートの待ち合わせで、十分前にメールが来た。

――すみませんが、七分ほど遅れます
結局、六分遅刻で現れた彼は何度も謝ってくれた。三十度ほど曲がったネクタイの結び目が愛おしく、私が一生この人のネクタイを直してあげようと決めた。

結婚後も仕事は続けることにした。夫は残業や出張が多く、家にいる時間が少ないので共働きができると考えたからだ。利便性の高い都内の中古マンションを購入して、新婚生活は順調にスタートした。

ただ、地方に住む姑《しゅうとめ》からのプレッシャーはあった。

——あなたももう三十二歳なんだから、少しでも若いうちに産んだほうが楽よ

夫も望んでいる。詩織ももちろん、結婚したからには子供をもうけるのが当然だという頭があった。

春先の気候の良い頃に出産し、夏の間は主に屋内で過ごして、ベビーが少し活発になってきた秋頃にたくさん戸外に連れ出すのが理想だ。だから出産は四月か五月がいい。私は健康だし、すぐに妊娠するはず。

しかし、これぱかりは思うようにいかなかった。

二年が過ぎたころに出席した同窓会では、既婚女性の大半が母親になっていた。子育ての苦労を嬉しそうに話す彼女たちを見て、自分に身体的な問題があるのでは、という不安が頭をもたげた。

思い切って夫に相談すると、二人で検査を受けてみようと言ってくれた。産科を訪れたが双方とも問題はなかった。

詩織は妊活を事細かく計画した。基礎体温を記録し、食事に気を配り、身体を冷やさないよう注意し、規則正しい生活を心がけた。夫も極力協力してくれたが、互いに仕事が忙

しいと思い通りに進まない。詩織はこれも人生計画の一部だと割り切り、退職して妊活に専念することにした。

住まいのある東中野は、夫が学生時代に住んでいたため土地勘があることで決めた場所だ。新宿から二駅という好立地のわりにのんびりした雰囲気で、駅前には大型スーパーもあって便利だ。

マンションの住人たちは互いに程よい距離を保っており、面倒なご近所づきあいはない。そのため専業主婦となった詩織には周囲に友達ができなかったが、寂しさは感じなかった。日々の家事を完璧にこなすことで忙しかったからだ。

来たるべき妊娠や育児の準備にも慎重に取り組んだ。マタニティ服はどんなものがあるのか。病院はどこがいいか。オムツは紙と布とどちらがいいのか。

ところが、肝心のコウノトリがなかなか訪れてくれなかった。

姑からは頻繁に電話があった。明るい人だが無神経だ。「詩織さん、まだなのかしら。ご近所さんがいろいろ聞いてくるから私も肩身が狭くてねえ」そんなふうに責められることがこれまでの人生で皆無だった詩織は、電話を切るたび扼腕《やくわん》した。

子供が欲しい。早く欲しい。

結婚して四年余り。ついに妊娠したときには快哉を叫んだ。

春にはあそこ、秋にはあんなところへ連れていって遊ばせてやろう。月ごとの誕生記念日に写真を撮ってステキなアルバムを作ろう。年に四回は家族揃って旅行に行くのだ。子育てのプランは先々まで整っていった。

だが、妊娠中の計画はもろくも崩れていく。初期からつわりがひどかったためだ。何を口にしてももどしてしまう。調理の最中に、においだけで気分が悪くなった。

姑が喜び勇んで手伝いに来てくれたが、味の濃い料理を作られるのに閉口したし、家事全般が雑なことに耐えられず、やんわりと断った。都会のマンション住まいに慣れない姑は、ほっとした様子で田舎に帰っていった。

千葉の実家に頼ろうかと思った矢先、父が脳梗塞で倒れた。幸い命に別状はなくリハビリも順調なようだが、母は付きっ切りで看護していた。電話をして様子を聞くと、疲労のにじむ声できっぱりと返される。

──気遣いは無用よ。私はきっちりお父さんの世話をするわ。あなたはあなたで頑張りなさい

そうだ、しっかりせねば。母に迷惑をかけてはいけない。

だが、これまでずっと健康だった詩織にとって、すぐに不調になってしまうことが精神的にも打撃だった。

学生時代の友人や秘書室の後輩とはＳＮＳで緩やかに繋がっていた。妊娠期間の過ごし方について聞いてみたい思いが頭をかすめたが、実行には移さなかった。誰かに頼るなん

て私らしくないわ。

そして、計画通り四月下旬に出産となった。

陣痛から出産まで十八時間もかかり、途中帝王切開も仄《ほの》めかされたが最後まで自然分娩で乗り切った。「楽でよかったわね」などと姑に言われたくなかったからだ。

赤子の小さく澄んだ泣き声を聞いたとき、心の底から感動した。

出産直後に枕元に横たえられた息子は、よく言われる〝くしゃくしゃのサル〟というより〝腫《は》れぼったいお相撲さん〟みたいな顔だった。赤ちゃんの顔は日々変わっていくそうだから、そのうち落ち着いてかわいくなるに違いない。

ベビーの手にそっと触れた。なんて小さいの。それなのにちゃんと動いている。私はひとりの人間を世に生み出したのだ。世界中がキラキラと輝き、これですべて上手くいくと確信した。

病院に駆けつけてくれた実家の母はめっきり痩《や》せており、衝撃を受けた。子育てが軌道《きどう》に乗ったら母のことも手伝おう。もっと、もっとしっかりせねば。

雄太と名付けられた初孫を見つめて、新米おばあちゃんは嬉しそうに目を細めた。

——パパさん似かしらねえ

ドキリとする。

夫はイケメンとは程遠い。目が小さく鼻は広がりすぎていて、全体的にもっさり、という印象だ。笑うと愛嬌《あいきょう》があるが、普通にしていると少し恐い雰囲気さえある。

夫に似たらルックスはまったく期待できないわ。いやあねえ……

いや、我が子はどんな顔だってかわいいものだ。私は母親なんだから。

子宮の収縮は思ったより遅かったが、規定通りの日数で退院した。母乳はまあまあ出ている。新生児はまだうまく飲めないが、よくあることだというからコツさえつかめばたっぷり飲ませることができるだろう。もちろん粉ミルクは使わず、母乳で育てるつもりだ。身の回りは常に清潔にし、この子がいつも安らかでいられるように細心の注意を払うのだ。

しかし、詩織の熱い想いは徐々に打ち砕かれていった。

まず、雄太が母乳をあまり飲んでくれない。飲んでいる途中で寝てしまうのだ。

詩織は赤ん坊の体重を量ることができるベビースケールを購入していた。授乳の前と後で量ると、飲んだ母乳がどれくらいかわかる。ベビーが途中で寝てしまうたびにスケールに乗せると、いつも三十ミリリットル以上足りない。

必死で格闘し、ようやくなんとか規定量を飲ませてほっとすると「ブリブリ」という音と共に水のような新生児の便が出る。おむつを交換してまた量ると、体重は減っている。

〝生後しばらくは体重が減る〟と育児本に書いてあったが、それにしても雄太は減りすぎではないかと心配になる。本を確認したり何度もスケールに乗せたり記録を書いたりしているうちに、もう次の授乳の時間だ。そんなことの繰り返しで一日があっという間に過ぎていく。

心配事はあとからあとからやってきた。育児本やネットでいろいろ調べるが、まったく解決しない。

退院して十日ほど経ったころ、急に気分が落ち込んだ。どうしてひとつもうまくいかないんだろう。

夫に相談し、仕事の都合のつく日は早めに帰ってきて面倒を見てもらう計画を立てた。しかし、夫が喜び勇んで帰宅する日に限って雄太はぐっすり寝ている。出勤が朝早い夫はいつも名残惜しげに寝顔を覗き込んでいくのだが、なぜかパパがいなくなってからベビーが起きて大泣きする。なんと間の悪い。

孫の顔を見にやってきた姑は、こちらが気を遣うばかりで戦力外だ。

一ヶ月検診では体重が標準より少なかった。「問題はありませんよ」と言われたが不安になる。母乳の規定量は飲んでいる。質が悪いんだろうか。そういえば雄太のことばかり考えていて、自分の食事にはあまり構っていない。質のよい母乳のためにも身体にいいものを食べねば。

砂糖や小麦粉はよくないという知識はあったが、多少はいいだろうと食べてしまっていた。きっちりグルテンフリーの食事に切り替えよう。糖分ももっと控えて。

生後二ヶ月を過ぎたころから母乳はたくさん飲んでくれるようになったが、その分、一気に体重が増えて重くなっていく。慣れない抱っこのしすぎで腕や腰に生じた痛みは続き、治癒しないまま身体への負担は増していく。

雄太に少し表情らしきものが出てきたが、こちらを見つめているようでどこか視線が素通りしているように感じられる。この子、私のことをぜんぜん認識していないみたい。いつになったら通じ合えるのだろう……

そうして、恐ろしい事態がやってきた。

日中は比較的落ち着いているのに、夕方五時ごろになると格段の理由もなさそうなのに泣き出し、夜遅くまで、抱っこしていない限り泣き続ける。それも、新生児のころの弱々しいものではなく、けたたましい大音量で暴れるように泣くのだ。

生後数ヶ月の赤ちゃんにはままあることで〝黄昏泣《たそがれな》き〟というネーミングまであると知ってはいたが、こんなに泣き止まないとは思わなかった。

あまりに激しく泣くので一一九番に電話をしてしまったほどだ。「赤ちゃんは泣くのが仕事ですよ」と女性指令員から優しく諭されたが、本当に異常はないのだろうか。

じめじめした長い梅雨がようやく明けたかと思うと、猛暑がやってきた。外出には不向きな天候が続き、泣き続けるベビーと二人きりで室内に籠《こも》る日々だ。

そのうちに、抱っこしていてもあまり泣き止まなくなった。ようやく寝てくれてもちょっとした物音で起きてしまうので、掃除や洗濯もままならない。

このところ夫は残業続きで忙しそうだが少しだけ協力を頼んでみよう、と思った矢先、イギリス出張の仕事が舞い込んだ。しかも二ヶ月も。プロジェクトを成功させたら昇進もあると張り切る夫を、詩織は不安や怒りを抑えて快く送り出した。姑に来てもらおうかという提案もきっぱり断る。

「大丈夫よ。私は雄太の母親なんだから」

しかし、夫が出かけて三日目、泣き止まない雄太を抱いて揺らしていたとき、突然、涙があふれて止まらなくなった。

毎日毎日、雄太を抱っこしておっぱいをあげて、おむつを取り替えて風呂に入れて、昼寝をさせ、またおっぱいをあげておむつを替えて……育児ってこんなに生産性のないものなの？

子育て中の友人や後輩がどんな様子なのか気になり、ＳＮＳを開いた。楽しそうな育児のエピソードと、愛らしい子供の写真であふれている。

思わず雄太の顔を覗き込んだ。生まれてすぐの腫れぼったい感じがまだ抜けていない。ひょっとして、ずっとこんな顔だったりするのかしら。

かわいくない。

そう思った自分を嫌悪した。私って母性がないのかしら。

夫は主張先からこまめにメールをくれたが、取引先の人たちとにこやかにビールジョッキを掲げている写真が添付されていたりすると、悔しくて涙が出た。そりゃ仕事でしょうけれど、なんで私だけ雄太に縛られて、どこにも出かけられないのよ。

急に怒鳴ったり、泣いたり、物を投げたりしたのち、後悔が押し寄せて沈み込む……その繰り返しだった。

そして八月中旬の午後。

夫が出張に出かけてから一ヶ月あまりが過ぎていた。

セミの大合唱がうっとうしい。腕の中で泣き続ける雄太の声も、けたたましくてうんざりだ。リビングのクーラーは適温のはずなのに詩織はじっとり汗ばんでいて、身体がだるかった。

早く寝ろ、雄太。

そう念じれば念じるほど、激しく泣いた。

室内は雑然としていた。畳もうとしていた洗濯物は雄太が泣き出したため、ぐしゃぐしゃのままソファに置きっぱなしだ。ベビーが寝たらすぐに片付けなくてはと苛立ちながらも、貪《むさぼ》るように寝ることやお風呂にどっぷり浸かることを夢想してしまう。

なにより、甘いお菓子を死ぬほどたくさん食べたい。

いやダメだ。しっかり。きちんとせねば。

雄太を抱いたまま、洗濯物を足先で払いソファにぐったり座り込んだ。

すぐに雄太が泣き出したので、絶望的な気分で再び立つ。

座っての抱っこだとなぜか泣き止まない。ネットで調べたことがあるのだが、立って抱っこして揺らしていないとダメなのは哺乳類の特性だそうだ。理不尽な。

うるさい、うるさい。泣き止め雄太。

うろうろと室内を歩き、壁際まで来る。

このまま勢いよく揺すったら雄太の頭が壁にぶつかって、泣き止むかも。

大きく腕を動かし、ベビーはそのまま壁へ……

詩織ははっと顔を上げた。腕には泣き続ける雄太。

私、今なにを考えたの？

神経を逆なでする泣き声が響く。

逃げよう。

ベビーベッドに寝かせ、少しの間だけ出かけてしまおう。

戻ってきたら泣き止んでいるかも。

私が構いすぎるせいでずっと泣いているのかも。

だから、出かけちゃっても、きっと大丈夫……

自転車のチリチリ、という音に顔を上げる。

詩織は商店街の路地にあるベンチに座っていた。日陰とはいえ、午後の熱波がまとわりつくように全身を覆う。

腕の中には雄太。

結局、置いてくることができず、抱っこ紐にくるんでフラリと出かけたのだった。胸に密着したベビーの身体は湯たんぽみたいに熱い。寝てくれているのがせめてもの救いだ。

冷たいものが欲しい。コンビニが近くにあったっけ。アイスやプリンや生クリームたっぷりのスイーツ……いや、水か麦茶を。

フラフラと立ち上がり、すぐ脇にスタンド看板があるのに気づいた。

《喫茶おおどけい》

そういえば喫茶店なんて何ヶ月も入っていない。引き寄せられるように奥へ進んだ。

ドア上部のステンドグラスの端から中を覗こうと顔を近づけたとき、扉がせり出してきて顔がぬっと現れた。

「あら、ごめんなさい」白髪の高齢女性が大きな目を見開いている。「孫が……じゃなくて店の者が買い物から戻ってきたのかと思いまして」

「こ、こちらこそ」

詩織はかすれ声で言うと、後ずさりした。

小柄な老婦人は眼前の雄太をまじまじと見つめている。

あんまり見ないで。かわいくないんだから。

「赤ちゃん、暑そうねえ」詩織を見上げて微笑んだ。「少し涼んでいらしたら?」

七十代……いやもう少し上かもしれない。背筋の伸びた細い肢体には丈の長いゆったりしたメイドエプロンが妙に似合う。

「いらっしゃいませ」

背後からささやくように声をかけられ、詩織は慌てて振り向いた。

長身の青年がスーパーの袋を二つぶら下げて立っていた。白シャツと黒いパンツという平凡な出で立ちだが、長い睫毛に縁どられた大きな瞳と薄い唇、額にかかるウェーブ髪が、どこか王子様然とした雰囲気を醸し出していた。

「どうぞ、中へ」

買い物帰りのプリンスが片方のレジ袋を重そうに持ち上げてドアを指し示したので、詩織は思わず店内に入った。

涼しくてほっとする。ちょっとだけ休んでいこう。

女性の孫且つ店員と思われる青年は、彼女に淡々と声をかけた。

「ただいま、ハツ子さん。レジが混んでいて遅くなりました」

「あんまり遅いから、お客様がドアの前にいらしたところをハヤテさんかと思って開けてしまったわよ」

詩織は店内を見回した。全体的に茶色く、やや暗い印象だ。入ってすぐの左側には大きな時計。三時半過ぎを指しているので、うちを出てから一時間以上経っている。長い間ベンチに座っていたようだ。

壁面上部の棚やアップライトピアノの上に雑然と並べられている物たちを見て、詩織は眉をひそめた。あのペコちゃん人形の隣はレゴの水車じゃなくて、おもちゃのラッパのほうがバランスがいい。そしてあっちの外車みたいなミニカーの隣は……

「こちらのソファがいいわ。一息入れてくださいな」

ハツ子と呼ばれた女性にカウンター前の古びたソファを勧められる。雄太が起きてしまうだろうか。でもさっきもよく寝ていたし、ちょっとだけなら。

詩織が座ろうとすると、ハツ子は両手を広げた。

「よく眠っているようだから、赤ちゃんをソファに寝かせてはいかが?」

……大丈夫だろうか。だが、少しの間だけでも雄太と離れられるという誘惑に勝てず、詩織は抱っこ紐のバックルを外した。ハツ子の笑顔につられて渡そうとしたものの、躊《ちゅう》躇《ちょ》する。

「重いですよ」

しかし彼女はあっさりとベビーを抱き上げた。

「ほんと、重いわねえ。えらいわあ」

雄太は、まるで毎日抱かれているかのようにすんなりハツ子の胸に収まった。

我が子が自分以外の人の腕の中にいる。

たったそれだけで、詩織は大きな解放感を得た。

しかし次の瞬間、彼女がソファに広げられたバスタオルに雄太を無造作に置いたのでひやりとする。泣き出すのでは！

しかしベビーはすやすやと眠ったままだ。

すごい。この方、子育てのプロだったのかしら。

ほっとしたのもつかの間、おばあさんと孫が揃ってしゃがみ込み雄太を見つめたので、再び慌てる。なにか不都合でも？

「見て！」ハツ子は小声で叫ぶ。「このほっぺ、かわいすぎるわぁ」

ハヤテが小さくうなずいたのち、首をかしげて言った。

「ハツ子さん、この赤ちゃん、暑がっているんじゃないですか」

「そう言われてみると、そうねえ。クーラーが効いているとはいえ赤ちゃんは暑がりだから」

彼女は遠慮がちに首をひねって詩織を見上げた。

「さしでがましいようですけど、この愛らしい服を脱がせてみたらどうかしら」

責められたような気持ちになり、早口でまくしたてた。

「ベビーは薄着でよいと育児本にも書いてあるのは知っています。でもクーラーがある分、やはり服は必要ですよね。だからこの夏用のロンパースを」

「いろいろ考えていらっしゃるのね。ただ、ここはおうちよりも少し暑いのかもしれません。下着を着ているようだし、上の服だけ脱がせてみては？」

祖母と孫は、揃ってじっと見上げてくる。

雄太がもぞもぞと動いた。口がへの字になる。まずい。泣き出す。

「じゃあ、一度脱がせてみます」

白と水色の縞模様のベビー服を、細心の注意を払ってゆっくり脱がせる。雄太は首を左右に振ったのち……

再びすやすやと眠った。

「ちょっとだけ、かけておきましょ」

ハツ子が小ぶりのバスタオルをお腹のあたりにかけてくれる。

雄太の表情がいつもより穏やかに見えた。大人より少し速い寝息が規則正しく続く。あの苦しげな表情は服の着せすぎだったの？

身体中の力が抜け、ソファに深く沈み込んで再び店内を見回した。棚の雑貨の配置が気になりすぎるので見ないようにし、窓の向こうへ視線を向ける。低木やひまわり、クレマチスなどが並ぶ小さな庭が窺えた。

蝶ネクタイを着けたハヤテが、水のコップと茶色いカバーのメニューをテーブルに置いた。詩織は、少し斜めに置かれたメニューをテーブルの端と平行になるようきっちりと置きなおしたのち、どうにも看過できずに声をかけた。

「あの、曲がっています」彼のネクタイを指す。「三十度くらい」

ハツ子が慌てて手を伸ばしながら孫に近づいた。

「まったく、こういうことに無頓着なんだから。ちゃんと鏡を見て着けなさいな」

祖母を制し、孫息子は自分で蝶ネクタイの位置を直すと静かに頭を下げた。代わりにハツ子が元気よくしゃべる。

「気づいてくださって助かります。よかったらお名前をお聞かせ願えないかしら。そちらのベビーちゃんも」

詩織が名乗ると、彼女は感心したようにうなずく。

「雄太くんは健やかそう。詩織さんがとっても頑張ってお世話していらっしゃるのね」

胸が苦しくなる。確かに頑張ってはいるのだけれど……

「こんなに暑い日が続いているのにあせもひとつないし、お洋服は柔らかく且つ清潔だし、行き届いていらっしゃるわ」

「そんなこと、ないんです」急に感情がこみ上げる。「きちんとできていなくて！」

ハツ子はおや、という表情を浮かべたのち、ゆったりと微笑んだ。菩薩《ぼさつ》のようなその面《おもて》に誘われ、詩織は言葉を吐き出した。

「すべて整えたはずなのに、なにひとつ計画通りにいきません。他の人が当たり前にやっていることを、どうして私だけできないんでしょう」

夫が出張でおらず、実家や姑には頼れないこと、雄太が泣きっぱなしで家事もままならず壁に頭を打ち付けたくなったことなど、すべてを訥々《とつとつ》と話した。

いつの間にかハツ子は詩織の向かいに座り込み、いちいち深くうなずいてくれる。その瞳を見ていると、いつまでも話していたくなった。

感情を出し尽くした詩織はテーブルの上で両手を握りしめ、それに付くほどに頭《こうべ》を垂れた。

ハツ子がゆっくりと言った。

「雄太ちゃんは幸せね。こんなにも一生懸命な人がお母さんで」

「そう、でしょうか。さっきだって雄太を置いて逃げようとしたんですよ。私は母親失格です」

そっと顔を上げると、ハツ子はじっと見つめていた。慰めてくれるのだろうか。それとも叱られる？

「〝失格〟というからには、母親の〝資格〟なるものがある、ってことかしら」

「子供を産んだら母性が湧き出て、我が子が愛しくてしかたなくなる。そういう感情が母親の〝資格〟ですよね」言葉にしてみて、虚しくなる。「私はこれまで、勉強も仕事も家事も完璧を目指して頑張って、それなりに成果を出してきました。でも、母性がないから、雄太への愛情が薄いから、どんなに頑張っても結果が出ない。なにもかもうまくいかなくて、逃げ出そうとした自分も嫌いで、もう、ぐしゃぐしゃです」

「ぐしゃぐしゃ、ですか」

テーブル上の詩織の拳に、皺だらけの手が優しく触れた。

「お腹が空いているのじゃない？　ひとまず、なにか召し上がってはどうかしら」

ハツ子がメニューを広げる。美しいイラスト付きだ。コーヒー、紅茶、オレンジジュース、スパゲッティ……

詩織の目が吸い寄せられた。

プリン・ア・ラ・モード。

甘いものをたっぷり食べたい！

チラリと雄太を見る。少しくらいなら……

決意して顔を上げた。

「プリン・ア・ラ・モードをください」

ハツ子は少し考えるように首をかしげたのち、言った。

「もしよかったら、私のプリン・ア・ラ・モードを食べてくださいな」〝私の〟とは、どういう意味だろう。「頑張っているお母さんにプレゼントしたいわ」

詩織はうなずいた。帰りにお支払いすればいいことだ。

「ハヤテさん、二番目の引き出しのノートを見て作ってね」

孫息子は黒いソムリエエプロンを着けるとカウンター内に入った。

ハツ子は少し遠い目をしてから詩織を見た。

「プリン・ア・ラ・モードは最高ね。いろいろなものをいちどきに楽しめて」

詩織は思わず勢い込む。

「プリン、アイス、果物がバランスよく飾られていて、見た目もとても美しいです」

「確かにスイーツは目でも楽しむものだわ。だけど、必ずしも美しさにこだわる必要もなかったりするの。私はそれを実感したことがありましてね」

彼女の言葉尻に重なるように、大時計の鐘が鳴った。

柱時計によくある〝ボーン〟というはっきりしたものではなく、スロー再生時の音のような、どこか夢見心地の響きだ。

三時五十一分。中途半端な時間だわ。時計は壊れているのかしら……詩織は眠気を覚えた。

ハツ子が、ゆったりと続ける。

「あれは息子が四歳のころだから、昭和二十四年の夏ね。横浜に住む従兄の宗助さんが久しぶりにここへ訪ねてきてくれてね……」

視界がぼやける。

鳴り続ける鐘の音が増幅し、詩織を包み込んだ……


子供の声が聞こえる。

うとうとしていたようだ。あの声は雄太だろうか。

目を開け、ソファの隣を見たが、いない。

慌てて立ち上がると、背中にずっしりと重みを感じた。

おんぶしていたのか。いつの間に？　首をひねって顔を見ようとするがうまくいかない。

生あたたかい風が頬をなぜ、窓のほうを見た。庭に通じる窓もドアも開け放たれているが……

ぼんやりしていた頭がふいにしゃっきりする。ボロボロの室内。あちこち補修されたテーブルや椅子。むんとする熱い空気。

さっきいたはずの喫茶店も古びていたが、ここはまるで、あばら家だ。詩織が座っていたソファだけはさきほどと同じような雰囲気だった。むしろこちらのほうがきれいに見える。

どうなっているの？　パニックを起こしかけた。

「ノリコさん、助けて！」

声は庭のほうから聞こえてくる。慌ててそちらに出てみて驚いた。

庭だと思っていたそこは十畳分ほどの畑になっている。正面は半分焼け焦げた家、左側は店とその家を繋げる渡り廊下、右側は別の建物の裏手になっているようだ。

畑の真ん中で、目のくりっとした四、五歳の男の子が尻もちをついたまま笑っている。

「お芋を無理に抜こうとしたら、お尻をついちゃって」

醤油で煮しめたような色のシャツと黒い半ズボン姿だ。

足元の不確かな畑に踏み込み、彼の手を引っ張って起こしてやる。自分は下駄を履いていた。

詩織は己の胸に手を当てた。

落ち着こう。なにかとんでもないことが起きているが、まずは冷静に状況を分析しよう。

そうだ、これは映画かなにかの撮影現場かもしれない。うっかり居眠りしている間に撮影部隊が来て、セットを作ったのだ。私を起こすのが気の毒だと思い、雄太をおんぶさせ、そのままにしてくれていたのだろう。それ以外に合理的な説明は浮かばない。ひとまずそう思っておくことにしよう。ええと、大人はどこに……

なにげなく髪に手をやり、長い髪が後ろできっちり結わえられているのに気づく。身に着けている粗末なシャツとグレーのパンツは見たこともない。そして、最新式の抱っこおんぶ紐ではなく、手ぬぐいが身体にくくられていた。

私も出演するの？　着替えたことも覚えていないのに。

再び混乱が襲ってくる。

夢を見ているのだろうか。それにしてはすべてがリアルだ。

「紀子《のりこ》さん、気分が悪いの？」男の子はつぶらな瞳で見上げてくる。「ソファで休んでいてください」

私はノリコという名前らしい。思わず答える。

「いや、そういうわけでも」

「お母さんが、紀子さんは赤ちゃんがいて大変だから助けないとダメよ、って言ってましたから」

なんてしっかりした子だろう。雄太もこんなふうになってくれたら。

彼は手早く手ぬぐいをほどき、詩織の後ろに回って赤ん坊を抱き留めた。ベビーの顔を見て驚く。

雄太ではない！

もう少し大きい、生後半年は過ぎている赤ちゃんだ。雄太はどこにいるの？

「ただいまっ。優一《ゆういち》、いる？」

店内から元気な女性の声が響き、続いて騒がしい物音が聞こえてきた。

「あ、帰ってきた」

優一と呼ばれた子は慣れた手つきで赤ん坊を抱っこしたまま、室内に向かった。慌てて後を追って中に入り、唖然《あぜん》とする。

粗末な身なりの五歳から十歳くらいの子供が五人ほどいて、独特の汗臭いにおいを放っていた。男子はみな丸刈り、女の子は襟足の刈り上がったおかっぱヘアだ。

その真ん中に、小柄で目の大きな女性が立っていた。生成りのシャツと膝下までのスカート。顎のあたりで揃えられた短髪は少しウェーブがかかっている。二十歳前後だろうか。

「ただいま、ノリちゃん。お留守番ありがとう」

彼女が詩織を見て微笑んだので、思わずうなずく。

「お母さん」男の子は女性に近寄った。「紀子さんが少し疲れていたみたいだから、トモキは僕が面倒見ます」

「偉いわ、優一」

女性は彼の頭を撫でると、その小さな背中にトモキをくりつけた。

詩織は眉をひそめる。子供が子供の面倒を見るの？　いったいどういう内容の映画かしら。

「さあ、青空マーケットの戦利品を仕分けしましょ！」

他の子供たちが一斉にわあ～っと声をあげる。

詩織は、なんとしても現状を説明してもらおうと近づいたが、女性は忙しそうに立ち働きながら言った。

「ノリちゃん、友輝《ともき》くんの夜泣きがすごくて寝不足なんでしょ。立《た》ち眩《くら》みもするって言ってたわよね。座っていて構わないわよ」

「それは、今は大丈夫なんだけど」

「では、すまないけれどこっちの籠から野菜を出して、袋に分けてくれるかしら。『恵みの園』の分もしこたま手に入れたんだから」

「恵みの園？」

「この間一緒に訪問したでしょ。ほら、この近所の施設。本当に素晴らしい活動よね。私ももっと手伝いたいと思っているの」

彼女は瞳を輝かせ、大きな買い物籠から野菜を取り出しては新聞紙に包みなおしたりしている。紙面の日付は昭和二十四年八月。

「やあ、久しぶり」

五分刈りの二十代ほどの青年が入ってきた。穏やかな表情をして、分厚い電話帳ほどの大きさの風呂敷包みを、うやうやしく捧げもつように両手で抱えている。

彼は詩織に向かって微笑んだ。

「紀子さん、ご無沙汰だね。優一がおんぶしているのが友輝くんかな。元気そうな男の子だ」そして若い女性に言う。「相変わらず、二人は仲良しなんだな」

「幼馴染《おさななじみ》ですもの。子育てを協力しあっているのよ」

女性は室内を見回して、すまなそうに肩をすくめる。

「ちょうど買い出しから帰ってきたところでごちゃごちゃしているから、荷物はあとで搬入するのでいいかしら、宗助さん」

彼はうんとうなずくと、賑やかに作業をしている子供たちを示した。

「ハツ子ちゃん、この子たちは？」

《喫茶おおどけい》の店主の名前が〝ハツ子〟だったと詩織は思い出す。

「近所にある、戦争孤児を引き取っている施設にいる子たちなの。仲良くなって、今日は一緒にお買い物に」

「そういう場所が近くにあると、以前に言っていたね」

――従兄の宗助さんが久しぶりにここへ訪ねてきてくれてね……

おばあさんのハツ子がそう言っていたっけ。

終戦が昭和二十年。この映画は、その四年後を描いているようだ。戦後を逞しく生き抜くハツ子と、戦争孤児たちのドキュメンタリーか。

きっと撮影直前に私が店に入ってしまったのだろう。雄太は本物のハツ子が預かってくれているのだろうが、事前に説明してくれれば私ももっとスムーズに協力できたのに。

これで状況はおおむね把握した、と詩織は自分を納得させた。

「大勢いるから、足りるかなあ。一人ちょっとずつになっちゃうな」

宗助は大事そうに抱える風呂敷包みを見つめた。

「またなにかいいものを持ってきてくれたのね」

ハツ子がにんまりと笑った。

宗助が嬉しそうに持ち上げた包みは、彼の「あっ」という短い叫び声と共に宙に舞った。

足元にどさりと落ちると同時に、女の怒声が響く。

「この子、ハツ子ちゃんが面倒見ている子かい！」

宗助を乱暴に押しのけて入ってきたのは、和服姿の大柄な中年女性だ。ひっつめにして後ろで結んだ髪が頭に貼りついたように見えるためか、面長の顔は見事な逆三角形をしている。キツネのような細い目がこれでもかと吊り上がり、口は大きく歪んでいた。

彼女は、十歳くらいの棒切れみたいに細い男の子の腕をがっしり摑んでいる。

詩織は思わず鼻を押さえた。

少年は、これまで嗅いだこともないような悪臭を放っている。

「うちの店の油揚げを万引きしようとしたんだ！　まったく油断も隙もありゃしない」

四十代前半くらいのキツネ目の女は、怒鳴りながらハツ子の頭上から唾を飛ばした。

詩織の後ろで優一がつぶやく。

「あんな子知らないのに。キミさんてば、いつもうちのせいにするんだ」

キミという女性はハツ子に嚙みつかんばかりに続けた。

「こんな汚い子がいっぱい出入りして大騒ぎすると、この通りの評判が落ちるんだよ。なんとかしてもらわないと困るよ！」

ハツ子は慣れた様子で対応している。

「すみません、よく言って聞かせます」

他の子供たちは室内の隅に固まって固唾《かたず》を呑んでいた。彼らを守るように、宗助がさりげなくその前に立つ。

キミは悪臭のひどい少年をぐいと引っ張った。

「で、この子は？」

彼はギラギラと怒りを放つ瞳をハツ子に向けていた。頰はこけ、土気色の唇はひび割れている。まるで野犬のように敵意をむき出しにしているが、その表情には絶望やあきらめが見え隠れしているように詩織には感じられた。

ハツ子は場違いなほど明るい笑みを見せると、少年の腕を摑んだ。

「ええ、うちで時々面倒を見ている子です」ぐいっと引き寄せる。「ダメじゃないの、ちゃんと『お金はあとでハツ子さんが持ってきます』って言わないと」

「どういうことよ」

「この子におつかいを頼んだんです。私は青空マーケットに買い出しに行っていたから。ええと、おいくらでしたっけ」

彼女が空いた手で買い物籠を手元に寄せると、キミの顔は赤くなった。

「品物は持ってきてないよ。盗まれたと思ったから」

「そうでしたか。では改めて買いに伺いますね。どうも、ご迷惑をおかけしました」

少年の頭を下げさせながら、一緒に深々とお辞儀した。

「まったく、誤解させるようなことをしないでほしいわね！」

ハツ子はさらに謝り、「これ、さっき買ってきたんですけれど」と新聞紙の包みをキミの手に握らせ、外へ送り出した。

とたんに、室内の空気が緩む。

「キミさんが来ると、キンチョーする！」

優一が叫ぶと、ハツ子が苦笑した。

「そんなふうに言っちゃダメよ。でも、お母さんも身体が硬直しちゃったわ」

詩織も安堵した。雄太がここにいなくてよかった。あんなピリピリした状況なら間違いなく大泣きしただろう。

少年はハツ子の手を振り払って逃げようとして、失敗した。宗助ががっちり羽交い締めにしたのだ。向き直らせ、肩を押さえて顔を覗き込む。

「いつもはどこで寝ているんだ」

野生動物のようなギラギラした目は、急に光を失った。

「……新宿駅」

宗助と視線を交わしたハツ子は、しゃがみ込んで彼を見つめた。

「お名前は？　何歳？」

少年は答えない。

優一がすっと近寄った。

「僕は羽野島優一。四歳です。おんぶしているのは、近所の薬屋さんの木下《きのした》友輝。あと四ヶ月で一歳です」

後ろにいた子供たちも次々と名乗った。皆、親も親戚もおらず、この近くにある戦争孤児用の施設にいるという。

新宿駅に住む少年は戸惑ったように彼らを見回し、ようやくつぶやく。

「戸森《ともり》……文治《ぶんじ》。十歳」

「お父さんやお母さんは？」

「かあちゃんとじいちゃんは、空襲で……」

彼は床を見つめていた。ハツ子が手を握る。

「とうちゃんはシベリアに送られたって手紙が一度来たんだけど、それきり連絡がこなくなって……」

彼女は、ボロ雑巾みたいな少年を力いっぱい抱きしめた。

「私の旦那さんもシベリアにいるの」

詩織は胸を衝《つ》かれる思いだった。戦後四年経っても、終わっていない戦いはあったのだ。

少年の目は潤《うる》んでいた。

「大変なんだな、えっと……」

「ハツ子って呼んで」くしゃりと笑う。「ここは喫茶店なのよ。旦那さんのお父さんが始めて、旦那さんが継いで、今は私が切り盛りしているの」

「旦那さんが帰るまで、ハツ子さんが守るんだな」

「そうよ。ここを『美味しいものを食べながら、ほっとするひとときを過ごせる場所』にするって約束したから」

「ほっとする、喫茶店……」

少年が店内を見回したので、ハツ子は肩をすくめた。

「空襲でだいぶ傷んでしまって、今はお店とは言えないけれどね」

彼女は立ち上がると、全員に向かって明るく言った。

「さあ、夕飯の準備をするわよ。みんな、庭のお芋を掘ってきてくれるかしら」

わあっと歓声が上がる。子供たちが文治少年に笑いかけた。

「手伝ってくれる？」

彼はまだ頑《かたく》なな表情ではあったがうなずき、連れ立って庭へ出ていく。

感動的なシーンだった。カメラは見あたらないが、こっそりどこかから撮っているに違いない。子供たちの強烈なにおいといい、リアリティにこだわって撮影しているのだろう。

「ああっ」

宗助が叫んだので、最後に外に出ようとしていた優一が驚いて振り向いた。

青年は床に膝をつき、開いた風呂敷の中を情けない表情で見ている。

「せっかくの力作が」

脇から覗き込んだ優一が、あっけらかんと言った。

「わ〜、ぐしゃぐしゃ。これ、なあに？」

宗助の顔が一瞬だけ輝く。

「プリン・ア・ラ・モード」

詩織も彼の手元を見た。大きめのアルミの弁当箱に、プリン、生クリーム、メロン、サクランボ、スイカ……と思《おぼ》しきものたちが、まさにぐしゃぐしゃに入っていた。ひどく残念な見目だ。

ハツ子が首をかしげる。

「名前は美味しそうなのにねえ」

「うちのホテルの名物なんだ。プリンや果物やクリームなどいろいろな味が一度に楽しめて、且つ見た目も美しい。優一くんたちに食べさせてあげようと弁当箱にきれいに詰めて持ってきたのに。クリームと果物のバランスが絶妙で、プリンとアイスの量もきちんと決められていたのに」

絶望した表情で弁当箱を見つめる宗助に、優一が決然と言った。

「きちんとしてなくても大丈夫」

宗助ははっと顔をあげる。幼い少年は愛らしい笑顔で続けた。

「宗助さんの気持ちがいっぱい入っているから、ぜったいにおいしいです！」

「……ありがとう」

彼は救われたように何度もうなずいた。詩織の胸もじんわり熱くなる。

「幸い、アイスクリームは専用のポットに入れてきたから無事だ。これを上に載せてみんなで食べよう」

「人数が多いから、スプーンでちょっとずつって感じね。ノリちゃん、スプーンを取ってきてくれる？」

ハツ子に言われ、詩織は慌ててカウンター内に入った。

雑然としたキッチンにあきれる。壁のフックに鍋や調理具がぶら下がっているが、思い付きで並べてあるとしか思えない。もっと動線に合わせて整然と置けばいいのに。

ひとまずあちこちから探し出したスプーンをかき集めてハツ子に渡す。そして、厨房の整理に取り掛かった。旧式のガスコンロはマッチで火をつけるタイプなのに、マッチ箱は反対側の棚の奥にあった。鍋やフライパンの置き場もバラバラ。オタマや菜箸《さいばし》もそこここから見つかった。まったく……。

手早く片付け、満足して眺めていると、やってきたハツ子も目を輝かせた。

「今日の紀子ちゃん、別人みたいにきちんとしているのね」

紀子はずぼらな女性の設定だったかしら。まあ、このくらいは大目に見てもらおう。

子供たちは庭から戻ると思い思いの場所に座り、スプーンを片手に目を輝かせている。

「まずは紀子ちゃんにあげて」ハツ子が微笑んだ。「友輝の分も食べないといけないんだから」

だけど甘いものの摂りすぎは……と言おうとして、この時代の食糧事情はひどく悪いのだと思い至る。

宗助が差し出してくれた大ぶりのスプーンには、プリン、生クリーム、アイス、メロンなどのカケラらしきものがこんもりと載っていた。

詩織はスプーンの先の部分をそっと口に入れた。

「……美味しい！」

「そりゃあ宗助さんが作ったんだもの」ハツ子は自分のことのように自慢げに言った。「甘いものって、人を幸せにするのよねえ」

アイスはひんやりと冷たく、そのほかは少し生ぬるかったが、様々な甘みが一気に口内に広がり、まるで突然、ワクワクするような物語が始まった気分になった。たった一口で、体内と、それから脳に強いパワーが送り込まれてくる。

何ヶ月かぶりのスイーツがぐしゃぐしゃの見た目だなんて。でも、こんなふうにすうっと心に染み入るプリン・ア・ラ・モードを食べたのは初めてだ。

詩織は思わず涙ぐみそうになるのを堪え、残りをじっくり味わった。

子供たちは、宗助が持って回る弁当箱にスプーンを入れて少しずつすくう。誰もがもれなく、口に入れたとたんにこの上もなく幸せそうな表情を見せる。

ソファにいた文治に、ハツ子が声をかけた。

「これからはここに住んで、いろいろ手伝ってくれるかしら」

少年は初めて安堵の表情を浮かべた。

「……いいの？」

「人手が欲しいのよ」ハツ子は爽やかに微笑んだ。「五月に飲食営業緊急措置令が解除されて……つまり、お店を再開してもよくなったから急いで直したいのだけれど、私はぶきっちょで」

文治はゆっくりと店内を見回し、恥ずかしそうに言った。

「俺、大工仕事は得意だ。とうちゃんが職人だったから」

ハツ子は彼の背中をバンと叩いた。

「ブンちゃん、頼んだわよ」

「さて、荷物を運ぶか。みんなも手伝ってくれるかな」

宗助が立ち上がると、はーい、と元気な声が揃う。優一が詩織のもとにやってきた。

「紀子さん、友輝のおしめが濡れてます。僕は宗助さんを手伝うね」

受け取った赤ん坊は、目を開けてきょろきょろしていた。雄太とは違うのだが、なんとなく表情が似ているような気がする。

「雄太」

そっと話しかけてみる。ベビーがふわっと笑った。まさか。

「ええと、オムツはどこに」

全員が外に行ってしまったので、詩織はあちこち探してようやくそれらしき布を見つける。まったく、室内も雑然としているんだから。

布オムツは何度か試してみたことがあったので、手早く取り替える。古い布だがきれいに洗濯されており、赤ちゃんはご機嫌な顔になった。

布オムツを毎回手洗いするのは途方もない苦労だろう。改めて、自分が便利で行き届いた世界に生きていることを実感した。

雄太に会いたくなる。この撮影はいつ終わるのかしら。雄太は大丈夫かしら。不安が頭をもたげる。

「わっしょい、わっしょい」

宗助の背丈ほどの細長い大荷物が皆によって運ばれ、入口付近に置かれた。

ボロ布をほどくと、《喫茶おおどけい》に置かれていたのと同じようなフロアークロックが現れた。あばら家には不似合いなほど美しく輝いている。

時計の前面のガラスを閉めた宗助は満足げにうなずく。

「よし。ばっちりだ」

輝く金色の振り子が動き出した。規則正しいリズムに、詩織は心が弾んだ。

ハツ子が箱のようなものを運んできたので、優一が聞いた。

「それ、なあに?」

「あなたのお父さんの、大事なものよ」

ポータブル蓄音機だ。大騒ぎで取り囲む子供たちに交じって、詩織も興味深く見守った。

「なにがいいかしらねえ」大事そうにレコードの束を取り出す。「『とても嬉しい』にしようかしら。そんな気分だから」

ハツ子が身体を元気よく動かして蓄音機のレバーを回し、レコードに針を載せた。クラリネットだろうか、管楽器の軽快な前奏から始まり、男性ボーカルののびやかな声が続く。間奏にはトランペットの少しメロウな響き。〝愛しい相手に逢うまでは、楽器を弾いたり歌を歌ったりして気持ちを沸き立たせよう〟といった内容の歌詞だ。アップテンポなので、悲しい雰囲気ではない。

愛しい雄太に、早く会いたいなあ……

心地よく聴いていると時計が低くのんびりした時報音を鳴らし、急に眠気が襲ってきた。

「あらあらかわいいこと。赤ちゃんって、こうやって『う〜ん』って伸びをするたんびに、米粒ほど背が伸びるのよ」

「その米粒は縦、横？　縦だと一回につき五ミリも伸びてしまうけれど」

「どっちでもいいじゃないの、そんな細かいこと」

詩織がはっと顔を上げると、ハツ子が雄太を抱っこしていた。

い、い、い、い、おばあさんのハツ子だ。

嫌だわ、またうたた寝してしまったみたい。撮影は無事終わったのかしら。

身体は少しだるいが、なぜか気持ちはすっきりしている。

「すみません。眠ってしまったみたいで」

恐縮してハツ子から雄太を受け取る。

じっと見つめてくる目が、さきほどの赤ちゃんとダブって見えた。いや、あちらは子役の赤ちゃん。こっちは私の大事な息子。いつも不機嫌そうに眉間に皺をよせて泣いているのに、今はなんだか嬉しそうだ。思わず詩織も目を細めて微笑んだ。

そして店内を見渡す。ここが、どうやってあんなオンボロに作り替えられ、またすぐ元に戻ったんだろう……。

大時計は三時五十五分を指していた。慌ててバッグから携帯を取り出し時間を確認する。

そんなバカな。数分しか経っていないなんて。

あれは夢だったの？　しかしあまりに現実的だった。なかなか強烈なにおいも嗅いだし、なにより、不格好なプリン・ア・ラ・モードのなんと美味しかったこと……。

「お待たせしました」

ハヤテがテーブルに置いたのは、四角いアルミの容器に入ったスイーツ。

真ん中にプリン。その周りに生クリームが雑に盛られ、オレンジ、リンゴ、メロンなどのフルーツも適当に放り込まれた感じで載せられていた。

ハツ子は張り切った様子でアイスクリームのディッシャーを手に持つ。

「これが、私の大好きなプリン・ア・ラ・モード」雑然と盛られたフルーツたちの上に、豪快にバニラアイスが盛られた。「ハヤテさんと私の、たっぷりの愛情入りよ」

感慨深く見つめたのち、中央あたりをスプーンで一気にすくって一口食す。冷たいアイス、滑らかな舌触りのプリン、噛み応えのあるジューシーなメロン、ほどよい甘さの生クリーム……それらが口の中で幸せなハーモニーを奏で、詩織の身体と心に、さきほどと同じような強い、そして、優しいパワーが駆け巡った。

「……美味しい」

「よかったこと」ハツ子は、詩織の膝に大人しく座る雄太に手を振りながら言った。「見た目がきれいなスイーツは私も大好き。でも、ぐしゃぐしゃでも意外となんとかなるものでしょ」

その通りだ。

容器の隅の隅まできれいに平らげ、ふっとため息をつく。

「ハツ子さんは偉いですね。戦後の大変な時期に自分以外の子供の面倒も見ていらした。なのに私は、便利な現代でたった一人の子育てもままならない。このプリン・ア・ラ・モードみたいにぐしゃぐしゃです」

「昔はいろんな人が助けてくれたからなんとかなったのよ。その分、五月蠅《うるさ》く口出しする人もいたけれど」

ハツ子が少女のようにペロリと舌を出す。怒鳴り込んできたキミさんを思い出し、詩織も思わず苦笑した。

「むしろ今のほうが大変だなあと、若いお客さんを見ていてよく思うわ。情報が多すぎて迷ったり、身近にアドバイスをくれる人がいなかったり、きれいで優秀そうなママの写真がネットにいっぱい載って、自分もこうならなくちゃとプレッシャーを感じたり」

「……そうなんです。いつも焦ってしまって」

ハツ子は小さく鼻を鳴らした。

「だいたいね、『女は子供を産み落とした瞬間に母性が沸々《ふつふつ》と湧いて出て、愛情深い母になる』なんて男が作った母性神話よ」

「……神話？」

「母は神じゃなくて人間なんだから、泣きも怒りもするし、ずるかったりズボラだったりするのよ。それなのに、母親は子供のためにすべてを犠牲にできる、なんて言われたら困るのよ」

あっけらかんと言うハツ子が、強くて神々しい母に見えた。

「出産したからってすぐに母になるわけじゃない。ごく普通の女性が試行錯誤しながら子供と付き合っていくうちに、だんだんに、それらしきものになっていくだけ」

「だんだんに、母になる……」

ハツ子は淡々と続けた。

「情報は便利よ。だけど振りまわされて疲れてしまうのなら、育児本なんてうっちゃっておけばいいわ。そもそも育児なんて、マニュアルのないぐしゃぐしゃなものなんだから」

詩織の瞼が熱くなった。

「ぐしゃぐしゃでも、大丈夫……ですか」

「まったく問題ないわ。なにしろ」にんまりと笑う。「地球に来たての宇宙人みたいなのを相手にしているんですもの」

思わず「確かに！」と応えて、膝上の宇宙人の手を撫でた。熱くて小さな手が詩織の指を握り、少しだけコミュニケーションが取れたような気がして嬉しくなる。

――きちんとしてなくても大丈夫
四歳の男の子が宗助に向かって言った言葉だが、今頃になって心に染みてきた。見た目がぐしゃぐしゃのプリン・ア・ラ・モードは、たくさんの子供を幸せにしたっけ。

「むしろ楽しんでみたらどうかしら。『あ～あ、こんなにぐしゃぐしゃだ！』って。いつもそんな感じで、この年までなんとかやってこられた人もいるから」

ハツ子が自分を指しながら言ったので、ハヤテが後方で小さく肩をすくめた。

「ああでも一度だけ、きちんとしているってすばらしいと思ったことがあるわ。あのプリン・ア・ラ・モードを食べた日、幼馴染の友人が珍しくてきぱきしていて」詩織はむず痒《がゆ》い気分になる。「あの時の整理整頓のおかげで、このお店を始めるときに物をどう置いたら効率的になるか考えられるようになったから助かったわ」

私も役に立った？

いや、あれは撮影の中でのことだ。

ハツ子は大時計の隣に置いてある蓄音機に近づいた。

「雄太くんも起きたし、ちょっと音楽を聴きましょうかね」

レコードを引き出しから取り出し、ターンテーブルに置く。詩織も立ち上がり、盤上を覗き込む。右から書かれた『とても嬉しい』の文字。歌手は『中野忠晴《なかのただはる》』とある。

さきほどの撮影でかかっていた曲が流れた。メロウでおしゃれで、あたたかい。

雄太が曲に反応したように見えたので顔を覗き込む。はっきりと笑う、というほどではないが、あきらかに嬉しそうな表情を見せた。

なんて愛しい。出産直後に感じた喜びを思い出した。

「こんにちは〜」ドアが開いて、杖をついた高齢の女性が顔を見せた。「あら空《す》いてる。よかった〜。あとで歴史保存会の仲間が来るから七、八人になるわ」

「いらっしゃいませ」ハヤテが迎える。「こちらのテーブルへ」

老婦人は青年が指すほうに行きかけ、詩織を見た。

「あらっ、かわいい〜っ」驚くほど速い杖さばきで近寄ってくる。ハツ子よりは若そうだが、高齢者の年齢を推測するのは難しい。「ほっぺがムチムチ。いい子いい子してもいいかしら。私、小さい子が大好きで」

詩織がどうぞ、と言うと彼女はそうっと手を出した。

「いいわねえ、このくらいの子って。じきに大きくなってしゅっとしちゃうから、このムチムチ感は今のうちだけね」

やがて歴史保存会のご高齢の面々が集まり、冊子を作る打ち合わせが始まった。

「だからね、『恵みの園』の写真はこれ。どこにレイアウトするべきかしら」

「真ん中でいいんじゃない？　でーんと」

詩織は、彼女たちが見ている白黒の写真を見て驚く。輪になって座り、本を見ている子供たちの何人かが、映画の子役たちに似ていた。あの子も、あの子も……

もう、深く考えまい。気にしだしたら眠れなくなりそうだ。詩織は声をかけた。

「あの、レイアウトについてちょっとよろしいでしょうか」

「ええ、もちろん」雄太を撫でてくれた女性は嬉しそうに顔を上げた。「お若い方のご意見は大歓迎」

詩織が的確な構成を提案すると全員が感心したようにうなずき、杖の女性は勢い込んで言った。

「これからも手伝って下さらない？　ここの人たちはそういう知恵がないのよ。大丈夫、みんな子育て経験者だから子守り役はいっぱいいるし」

詩織の頭に冊子作成の段取りが即座に浮かび、なんだか楽しくなった。ベビーは、ほっぺを触りたいおばさまたちにたらいまわしにされてご機嫌そうだ。

しかし、やがて雄太がぐずぐずし始める。そろそろ授乳の時間だ。

いつの間にか店は客で賑わっており、接客に忙しそうなハツ子は「またいらしてね」と手を振った。

出口までハヤテが見送る。

「お気が向いたら、ぜひまたどうぞ」


店を出ると、夕方の熱気が襲ってきた。

雄太はうんざりするほど重く、肩も腰も痛みがひどく、家に帰ったらまた宇宙人と二人きり。状況は今日の昼過ぎと全く変わらないのに、この晴れ晴れとした気分はどうしたことだろう。

「雄太」胸の中のベビーに話しかける。「さっきの『とても嬉しい』って曲、気に入った？ネットで聴けるかしら。探してみようね」

雄太がまた泣き出した。急いで帰って授乳しなくては。

駆けだそうとして、やめた。雄太のけたたましい泣き声も、今のうちだけかも。

詩織は賑やかな通りに足を踏み入れると、振り返って路地の奥を見つめた。

でもさすがに、あの雑貨はもう少しきちんと並べたほうがいいわ。今度行ったら整理させてもらおう。

休　憩

『以上、進捗状況のご報告です。引き続き宜しくお願い申し上げます』

ハヤテは、カバーイラストを依頼された出版担当者へのメールを送信し、ほっと一息ついた。

階下から大時計が一時半を知らせる音が聞こえてくる。ごく普通の時報音だ。

朝から座りっぱなしだったので、うーんと伸びをしながら立ち上がった。

昨年、会社勤めを辞めてフリーのイラストレーターになったが、まだ祖母のお店の二階に居候してバイトさせてもらわないと生活していけない。それでも最近は、徐々に新しい依頼が舞い込むようになっていた。

今日はハツ子が年に一度の健康診断に行っているため店のオープンは午後三時過ぎから。賄《まかな》いご飯を食べる前に少し散歩でもしてこようと思い立ち、裏口から外に出た。

郵便受けを覗くとハガキが一枚。アメリカに住む、ハヤテの二番目の姉からだ。面倒くさがり屋の姉だけに「ＨＥＬＬＯ！」しか文字がないが、二歳になる姪っ子がロウソクの二本立ったケーキの前で大笑いしている写真が載っている。ハツ子にとってはひ孫の笑顔がなによりの便りであろう。

一度戻ってハガキを祖母の部屋に置くと、十月の抜けるような青空を見上げながら商店街を抜け、山手《やまて》通りに出た。南のほうへぶらぶらと歩く。

幼児の写真を見たせいか、八月に赤ちゃん連れの女性が来たときのことを思い出した。あの日、女性は時計のいざないによって昭和二十四年へ行っていた。

戦後の日本では親や親戚を失った子供たちが、頼るつてもなく次々と亡くなったという。食糧事情はむしろ戦後のほうがひどかったそうだ。そんな中、祖母のハツ子は食べ物を必死に調達して、周囲にいた子供たちを支えた。焼け残った《喫茶おおどけい》を食堂のような店にしたのは、ひとつは幼くして亡くなった妹みたいな不遇な子供をこれ以上出さないため、そしてもうひとつは『美味しいものを食べながら、ほっとするひとときを過ごせる場所』を作りたいという夢を実現させたかったから。

《喫茶おおどけい》の創業者である栄一の父は、太平洋戦争で南方へ出兵して帰ってこなかった。ハツ子は夫が戦地で戦っている間にハヤテの父親である優一を出産。終戦後はシベリアに抑留された栄一を待ちながら、この東中野で店を守り続けた。

祖母は逞しい、とハヤテはいつも思う。あの小さな身体で、よくも激動の昭和をくぐり抜けてきたものだと感心する。もっとも、ハツ子は常に〝今〟を生き、人生のどんな時期も同じように駆け抜けてきたので、ことさら戦中戦後の子育てが大変だったとは思っていないようだ。

――いつの時代も子育てって本当に大変。絶対に一人で抱え込んではいけないことなのよ。だから、助けを求める場がいろんなところにあるといいわね

ハツ子によれば、テクノロジーの発展は生活を格段に進化させたし、例えばご近所の目を気にするといった煩わしさからは解放されたが、なぜか昔よりも息苦しく感じることが増えているという。ネットで簡単に情報を得られても、本当に困ったときに差し伸べてもらえる手は、意外と少ないのかもしれない。

――余計なお世話と思われようと、気になったら即座に声をかける。私はつい、そうしちゃうのよね

その猪突猛進ぶりにあきれつつも、どちらかというと淡白な性格の孫息子は、時にはおばあちゃんのお節介を見習わねばと思ったりするのだった。

ハヤテは信号を右に曲がり、少し先を左方向へ進んだ。

空は薄青く、高い。今日は暑くも寒くもなくてちょうどいい気候だ。ハヤテの心は弾んだ。

東中野はJR総武《そうぶ》線で新宿から二駅、中野《なかの》のひとつ手前の駅という便利な場所のわりに、いや、だからこそなのかもしれないが、どこかのんびりした雰囲気がある。ハヤテが小学

生のころ地下鉄の大江戸《おおえど》線が開通したけれど、乗降客数が激増したとは感じなかった。都心で利便性がよくて、且つ、のどか。ハヤテはそんな東中野が好きだ。

お気に入りの場所はいくつかあるが、今向かっている小公園もそのひとつだ。いつも人が少なめで木がほどよく繁り、かなりの確率で独りでのんびりできる。そこで一休みして、バイトに備えようとやってきたが……

公園の入口で立ち止まる。

今日は先客がいるなあ。それも、ちょっと不穏な気配。

包むか包まれるか
オムチキンライス

芦田理央《あしだりお》は人けのない公園のベンチに座っていた。

土曜日の午後。時計は二時少し前を示している。そろそろ漆原《うるしばら》先生は三年生のレッスンを終えてしまうだろう。次は四年生の番だ。理央が控室に来ていないことに気づいたら、間違いなく母に電話をする。理央のキッズ携帯は電源を切ってあるから、母は連絡が取れなくてパニックになるかもしれない。

隣に置いたバイオリンケースを見つめる。

こんなもの、壊れてしまえばいい。

立ち上がると、後ろの植え込みから拳の倍ほどの石を掴んだ。

再びバイオリンケースを見つめる。父が残業を重ね、母がパートを増やして無理して買ってくれたＹＡＭＡＨＡ Ｂｒａｖｉｏｌは、いろいろな意味で耐えがたいほど重い。

石を握りしめる。

ダメだ、壊せない。

だったら、いっそ……

少年は地面に跪《ひざまず》き、左手を自分の膝前に置いた。

石を握った右手を大きくふりかぶる。ぎゅっと目を閉じ、勢いよく振り下ろした……

つもりだったのに、次の瞬間、理央は地面に横向きに倒れていた。

なにが起きた？

理央の上に男性が覆いかぶさっており、石は二人の脇に転がっていた。

一瞬、恨んだ。どうして止めに入ったんだ。せっかく勇気をふり絞ったのに……

「あ、いたたっ」

二十代くらいの細い男の人は、自分の左手首を押さえながら身体を理央の上からどけた。

理央は慌てて地面に正座する。

「怪我《けが》、したんですか？」

彼は手首をくるくるさせた。

「たいしたことはないみたい」

「でも」

「少し捻《ひね》った程度だから大丈夫」優しげに微笑む。「完全に運動不足だな」

理央は、がっくりと頭を垂れた。涙が膝にぽとりと落ちる。そのまま声をあげて泣き出した。

「君こそ大丈夫だった？　どこか痛めたかな」

心配そうな声をよそに、理央は首を横に振って叫んだ。

「ボクなんか、生きてる価値ないんだ！」

山手通りを歩きながら、その人は羽野島颯と名乗った。背が高くて面長できれいな顔をしている。パガニーニをもっとイケメンにしたみたいだ。

……なんでもバイオリンに結び付けて考えるのはやめよう、と理央は首を振った。でも、ハヤテに誘われるまま付いてきたのは、しゅっとした雰囲気がなんだかクラシックっぽくて、信用できそうだと感じたからだった。

それに、自分のせいで彼が手首を痛めたのだから、誰かに謝らないといけないと思ったこともある。

「さあどうぞ」

彼が案内してくれたのはバイオリン教室へ行く際に通る商店街の中の古びた喫茶店で、店へと続く路地にあるベンチは理央も利用したことがあった。

「今日は店主に用事があって、お店を開けるのは三時過ぎからなんだ」

理央の母は、小規模だがそこそこ儲かっている会社の社長の娘として生まれたそうだ。幼いころからいろいろなお稽古ごとを習ったが、一番才能を開花させたのがバイオリンだった。母の父、つまり理央のお祖父さんは音楽好きだったので、娘のためにレッスン費用を惜しまなかった。母は中学の時にコンクールで何度も入賞し、私立の音楽系高校に入学も決まっていたのだが、その矢先に祖父の会社が倒産してしまい、お金のかかる音楽の道をあきらめた。苦学して芸術系ではない普通の大学へ進んだころ、祖父は身体を壊して五十代の若さで亡くなってしまう。

母は就職先の一般企業で父と出会い、堅実さと優しさに惹かれて結婚した。やがて理央が生まれ、二年後に女の子もでき、ささやかで幸せな家庭を築いていった。

理央が四歳のとき、母は祖父の知人に道でばったり会った。懐かしく話し込むとその人は、お子さんがいらっしゃるなら、と以前に祖父が贈ったという子供用バイオリンを譲ってくれた。「お父上は音楽の振興《しんこう》に熱い人でね、私が息子にバイオリンを習わせたいと言っただけで買ってくれたんですよ。残念ながら息子はじきに挫折してしまいましたがね」

幼い理央はすぐにバイオリンに興味を持ったらしい。母は息子の音へのセンスの良さに気づき、英才教育を施す決意を固めた。

以来、理央の生活はバイオリン一色になった。母の見立て通り理央には才能があったようで、幼児向けバイオリン教室では他の年長の子供を抜いて、あっという間に難しい曲を弾きこなせるようになった。

周囲が褒めてくれるので嬉しかった。想い描いた通りの音が出せたときは幸せな気分になった。だから、一生懸命練習した。

小学校に上がると、都内でも有名なバイオリン教室に電車を乗り継いで通うことになった。漆原先生は高齢でいつも気難しく、レッスンは厳しかったが、新しい曲が上手に弾けるようになるとちょっぴり褒めてくれた。

やがて先生が理央を特別扱いするようになる。理央のレッスンを最優先にしているらしく、他の子供の親が文句を言いにきたところを何回か見かけた。母は気にしない様子だったが理央は肩身が狭かった。控室でレッスンを待っている間、上級生は理央を無視した。通りすがりにわざとぶつかってくる子もいた。女子は遠巻きに見て、ひそひそ話をする。

それでも理央は通い続けた。母が望むから。

二年生になったころ漆原先生からコンクール出場を勧められた。母は大いに張り切ったが、理央には苦痛だった。競うことがあまり楽しくなかったからだ。それでも、上位に入賞すると嬉しいことは嬉しい。母は大喜びで、地方のコンクールへのエントリーも承諾した。だが、それには時間もお金もかかり、家族に負担をかけていると理央にもわかった。

二歳下の妹は土日のたびに兄のコンクールに連れまわされた。控室や会場で、母の携帯でつまらなそうに動画を眺めている妹を見ると胸が苦しくなった。理央が優勝したら大喜びしてくれたが、入賞できずに終わると「あ〜あ、せっかくついてきたのに」と不満を漏らす。悔しい気持ちよりも、申し訳ない思いでいっぱいになった。

日常生活はバイオリンのために犠牲にされている。手には常に神経を使った。球技系の体育は見学し、放課後は野球やドッジボールに興じる友達を横目で見ながらバイオリン教室に通う日々だ。そして土日はコンクール。うまく弾けているときはそれも苦痛ではないが、課題曲が弾きこなせないとそんな生活のすべてが重荷になった。

四年生になるとコンクールへのプレッシャーはますます強まっていた。練習すればするほど自分が下手だと思い知るし、結果も残せない。なのに母はどんどんエントリーしてしまう。特に、十二月の大きなコンクールは理央に大きくのしかかっていた。

十月に入りレッスンがいよいよ厳しくなったが、一向に上達しない理央を漆原先生はため息交じりに見つめてくる。

駅から教室に行く途中で胃が痛くなり、商店街の路地に置かれたベンチに座り込むことが何度もあった。

うまく弾けなければボクにはなんの価値もない。ボクは終わりだ。助けて。誰か助けて。

そして今日、理央はレッスンをサボって近所の公園に逃げ込んだ……。

薄暗い店内のカウンター席に座り、理央は尻をもぞもぞ動かした。

ハヤテはくつろいだ様子でカウンター内に入る。

「ジュース、飲む？」

喉が渇いていたが、首を横に振る。

「お金もっていません」

　ハヤテは微笑む。

「まだ営業前だし、ごちそうするよ。オレンジジュースで大丈夫？」

　ありがとうございますと返事をして、店内を見回す。両親が連れていってくれるカフェとはまったく違って、ごちゃごちゃした感じがする。でも、不思議とあたたかい気持ちになれるのはなぜだろう。

　ちらりと後ろを見た。

「ピアノ、気になる？」

　ハヤテはすらりとした指でコースターをカウンターに置き、その上に背の高いコップに入ったジュースを載せながら言った。

「いえ」思わず否定してから、小さくうなずいた。店に入ったときから臙脂《えんじ》色のカバーがかけられたアップライトピアノに目を留めていた。「誰か音楽をやるんですか」

　彼は自分用のジュースのコップを持つと、立ったまま口をつけた。

「僕のなんだ」

　理央はジュースを飲んだ。身体が少し元気になる。

　青年はゆっくりと理央の隣に座った。

「ここは僕のおばあちゃんのお店で、僕は店員として雇われている。売れないイラストレーターなので、バイトをしないとね」

カウンターの端に置かれたイラストの額縁に目をやったので、理央も見つめた。

「きれいな、絵ですね」

彼はくしゃっと笑った。

「お世辞でもうれしいな」

それから少しの間、沈黙が続いた。理央は、耐え切れなくなって言う。

「あの……止めてくれてありがとうございます。でも、止めてくれないほうがよかったかも……って思ってもいます」

ハヤテは、理央の向こう側の椅子に置かれたバイオリンケースを見やった。

「原因は、それかな」

理央は両手の拳を握る。ふいに言葉があふれた。

「もう無理なんです。ボクには才能なんかない。漆原先生の言うように弾けない。お父さんはずうっと擦り切れた靴で仕事に行って遅くまで働いてて、お母さんはパートの仕事を増やすって言ってて、妹は休みの日に自分のやりたいこともできずにいるのに、ボクだけが新しい楽譜を買ってもらったり地方のコンクールに行ったりしているんです」

ハヤテは黙っている。少年は続けた。

「でも、ぜんぜん下手で、十二月のコンクールの課題曲もひどいんです。先生は怒ってばかり。それなのにボクを優先して教えてくれるから、ほかの子から恨まれてもいて。それもプレッシャーで」

「バイオリンをやめたいの？」

はい、と言おうとして、言葉が詰まる。ボクはやめたいんだろうか。

「わかりません」自分の真意に気づいて訴える。「とにかく、今度のコンクールには出たくない」

「それを、お父さんやお母さんに話したらどうかな」

「……言えません」

——理央のきれいな指は天からの授かりものだ
お父さんはそう言った。だけど、こんな指じゃなければよかった。そしたら、野球とかドッジボールとかバスケとか、好きなだけやれたのに。

——六歳でパガニーニを弾きこなすなんて天才ですよ
漆原先生はそう言った。そんなもの弾きたいと思ったわけじゃない。ただ言われたとおりにやったらうまくいっただけだ。

——あなたはお母さんの希望の星よ
そんなの困る。お母さんは十五歳のときに全日本学生音楽コンクールで優勝した。あと五年しかないのに、ボクにはとうてい無理だ。

ふいに大時計の鐘が鳴り出したのでそちらに目をやる。低い銅鑼の響きに似た音で、店内の様々な雑貨に共鳴して増幅していくみたいに感じられた。

ハヤテも時計を見つめ、ささやくように言った。

「これから理央くんは眠くなって、不思議なことが起きるかもしれない。でも驚かないでいてほしい」その声もエコーがかかったようにぼんやりとしている。「たぶんそれは僕も十代のときに体験したことだから」

どんなことですか、と聞こうとしたけれど、口が開かなかった。

鐘の音が何度も響く中、理央はカウンターに突っ伏してしまった。

「だからね、優一くんから友輝に話してほしいのよ。ちょっと、聞いてる?」

はっと気づくと、さきほどの店のカウンターにいた。

隣には自分の母よりは少し年上であろう女性が座っている。髪を後ろでひとつにきっちり結び、丸顔で、ぽこりとえくぼが凹む頬は少し赤らんでいた。

彼女はもう一度言った。

「聞いてる?」

「はい、聞いてます」

思わず答えた自分の声がいつもと違うのでびっくりする。

「ノリちゃん、ちょっと飲み過ぎじゃないの？」

カウンター内のウェーブ髪の女性が眉をひそめて言った。理央の隣の女性と同年代だろうか。小柄で、目がくりっとしている。妹が好きなアニメで見るようなフリフリのついた白いエプロン姿だ。その人は両手を腰に当て、あきれた様子で言った。

「うちは喫茶店であって、バーじゃないんだからね」

「いいじゃない。ビールは私が買ってきたんだから」

「持ち込み禁止だわよ」

「営業時間とっくに終わっているでしょ。これが飲まずにはやっていられないってわけよ」

この人たちはいつの間に？　ハヤテさんはどこに行ったんだろう。

視線を巡らせ、反対隣の席を見てドキリとする。

バイオリンがない！

ハヤテさんが持っていったのだろうか。首を巡らせ、ピアノもないことに気づいた。これは、いったい……。

自分の姿を見おろしてみる。大人みたいに身体が大きい。そっと顔や頭に手をやる。自分ではない誰かになっている。ボクは、だれ？

さきほどの言葉を思い出す。

――不思議なことが起きるかもしれない

バイオリンとピアノが消えて、いきなり二人の女性が現れて、ボクが違う人になっていることが『不思議なこと』なのか。

理央は、緊張したときにいつもやる深呼吸を試みた。

よくわからないが『驚かないで』と言われたし、しばらく様子を見ることにしよう。

女の人たちはぽんぽん言い合っている。

「ハツ子ちゃんはいいわよ。こんなに優秀な息子がいるんだから」

えくぼの女性が理央を指すと、ハツ子と呼ばれた人が返す。

「紀子ちゃんだって、友輝くんみたいな親思いの息子がいて幸せじゃない」

「昔はいい子だったけど、今は何を考えているかわからないわ。高い授業料払って塾に通わせているのに一ヶ月もサボっていたなんて、どういうつもりかしら」

塾をサボったのに一ヶ月もバレなかったのか、と妙に感心した。いくつくらいの息子なんだろう。

「理由は聞いてみたんでしょ」

「ただ行きそびれただけだ、って言うの」紀子はカウンターをどんと叩く。「せっかくあんなに頭がいいんだから、しっかり勉強しさえすれば必ず医学部に入れるわよ。なのにどうして」

「ちょっとサボりたくなる時もあるんじゃない？　まだ高二だし」

「もう高二よ。優一くんは中学の時からずうっと医学部受験を考えて勉強していたじゃない、いの」

「優一は、小さいころからお医者さんになりたいって言っていたから」

「その優一くんを見て、友輝も中学生のときに医者になりたいって言いだしたのよ。それなのに……ひょっとして、変な彼女ができたりとかしていないかしら」

　こちらを見たので、思わず理央は首を横に振る。紀子は大げさにため息をつくと、ビールをグラスに注ぎ足した。

「あたしは実家の薬局を継ぐまでは大学病院で働いていたけれど、薬剤師って医者からは見下されがちなのよねえ。悔しかったわ。だから友輝は見下すほうになってほしいのよ」

少し黙ってから、つけたした。「見下せと言っているのじゃなくて、あんな思いはさせたくない、ってことよ」

　ハツ子は頰に手を当てた。

「医大はお金がかかるから、友輝くんはそれも心配しているのじゃないかしら」

「そりゃ、うちみたいに小さな薬局では息子の学費を捻出するのは大変よ。でもハッちゃんだってここをやりながら、優一くんを医学部に通わせているじゃないの」

「うちは奨学金をもらっているから」

紀子はビールをぐいっとあおる。

「でも、ハツ子ちゃんは人徳があるから、去年の入学時にまとまったお金が必要だったときにはいろんな人が援助してくれたんでしょ。あたしにはそんな人脈もないから、ろくに働かず遊んでばかりの亭主にはっぱをかけるくらいしかできないわ」

「旦那さん、遊んでいるようで、地元の顔つなぎを頑張っているのよ」

「ハッちゃんはなんでも物事をよく解釈するからそんなふうに言うのよ。ご近所さんとつるんで遊んでいるだけ。まったくあの人ったら」不満げに鼻を鳴らした。「もう少しうちの店のことを考えてくれてもいいのに。あなたの旦那さんみたいに、奥さんのことしか想っていないなんて理想的な亭主になれとは言わないけれど」

「理想的、かしら」

紀子が乗り出した。

「決まってるじゃないの。栄一さん、結婚する前によくあたしに相談にきたわよ。ハツ子ちゃんがどうしたら幸せになれるか、いつも考えているって」

ハツ子は、まるで少女のようにはにかみながら微笑んだ。

「優しい人だからね」

「うちの亭主に爪の垢《あか》でも煎《せん》じて飲ませたいわ。だいたいあの人はね……」

しばらく旦那さんの悪口が続いたので、理央はいろいろと考えを巡らせた。

自分は優一。ハツ子という小柄な女性と栄一という男性の息子で、医学部の二年生だ。なにがどうなってこんな役割を担っているのかさっぱりわからないが、ハヤテも十代のときに経験したと言っていたので、とにかくこのまま話を合わせていこう。

ハツ子と紀子は仲のいい友達のようだ。この喫茶店をやっているのがハツ子。紀子の家は薬局。紀子の息子の友輝は高校二年生で、成績優秀だけど塾をサボっている。

理央は会ったことのない友輝に共感を覚えた。きっと医者になんかなりたくないんだ。成績優秀なばっかりに、お母さんから医学部に行けと言われていやいや塾に通っているから、ついサボったんだ。そうに違いない。

「友輝は旦那と違って、素直で正直で本当にいい子よ。だけどまだ自分がわかっていないの。あの子のことをわかっているのは母親のあたしなのよ」

紀子は急に理央のほうを向いた。

「友輝はあなたの言うことなら素直に聞くと思うの。しっかり勉強するように諭してちょうだい。優一くんみたいに国立大学に行けるかどうかはわからないけれど、私立だっていいの。お金の心配はしなくていいから、とにかく頑張って勉強しろと説得して」

酔いも回っているのだろう、すごい目つきで睨まれ、理央は恐れをなした。

「こんばんは〜、今日はいちだんと寒いねえ」

トレンチコートを着た若い男の人が入ってきた。

細くて顎が尖っており、髪にはきついパーマが当てられ、眉毛が妙に細い。派手な色合いのセーターを着ていて首にはゴールドのチェーンをつけている。ちょっとチャラチャラした印象だ。紀子に向かってぺこりとお辞儀をする。

「お久しぶりです」

紀子はややあきれた表情で男の人を見た。

「文治《ぶんじ》くん、また派手になったんじゃない？」

文治と呼ばれた青年はまあねというように笑うと、理央を見た。

「優一、久しぶり。元気か？」

「元気です」

とりあえず答える理央。

ハツ子がとがめるような表情で聞いた。

「文ちゃん、どこ行ってたの？　なかもり荘の管理人さんが、ふらっと出たきり半月も帰ってこないって心配していたわよ」

急に真面目な様子で頭を下げる。

「すんません。長野の大きな邸宅の改修で修復の必要な家具がわんさか出て、慌てて出張《でば》ったんですよ。そういえば、管理人さんに置き手紙しておくの忘れたな」

「まだあの古い下宿屋に住んでいるの？」紀子が眉をひそめる。「今や『戸森文治じゃないと』と指名するお客さんもいる売れっ子家具職人で、がっぽり稼いでるんでしょ」

「あそこ、居心地よくてさ」

紀子の隣に座った文治は自信にあふれた雰囲気だ。きっと才能のある職人なのだろう。下宿屋ってなんだっけな。アパートよりももっと古いイメージ。メールとかSNSとか使えないところのようだ。

文治はにこやかに言った。

「お腹空いたな。なにか作れますか？」

「鶏肉があるから、あなたの好きなオムチキンライス作ろうか」

「やったぜ」子供っぽく両手を上げて喜ぶ。「優一も食べるだろ。好きだよね」

ぐう、とお腹がなったので素直にうなずく。オムライスは大好物だ。そういえば幼稚園のころは母がよく作ってくれたが、最近は仕事が忙しくてご無沙汰だ。

ハツ子は野菜や鶏肉を刻み、フライパンで炒めにかかる。バターと玉ネギが混ざり合う香ばしいにおいが理央の鼻腔《びこう》をくすぐった。いったい今は何時だろう。

大時計を見て驚く。九時過ぎだ。そんなに眠っていた？　両親は半狂乱で理央を捜しているかもしれない。どうしよう。なんと謝れば……

いや、いっそ家出をしてしまおう。そうしたら理央がコンクールに出たくないことが伝わる。

でも、迷惑をかけることはやっぱりできない。

母の涙ぐんだ顔が浮かぶ。

——理央、どうしてお母さんの気持ちがわからないの……

「友輝はどうして母の気持ちがわからないのかしら。こんなに心配しているのに」紀子は文治の肩をばしりと叩く。「文ちゃんからも友輝に言ってよ。ちゃんと勉強しなさいって」

「俺の言うことなんか聞きゃあしないよ」

「子供のころは子分みたいに連れまわしていたじゃない」

「人聞きの悪い。弟分のようにかわいがっていただけだって」

フライパンを揺らしながら、ハツ子が笑った。

「友輝くんは威勢のいい文ちゃんが大好きだったわねえ。いっつも後を付いていって」

「半田《はんだ》さんちの庭の柿を取るために、文ちゃんが友輝を肩車してたところをキミさんに見つかって、顔を見られた友輝だけが怒られたことがあったわね」

「キミさんが真っ赤な顔して庭に飛び出してきたから友輝を地面に下ろして『逃げろ』って言ったのに、あいつすっころんで」

「友輝は運動神経なかったからねえ」紀子はまたため息をつく。「むしろもっと機敏だったら、オリンピック選手にでもなってほしいと思うわよ」

話題が変わってほっとしたのか、文治は嬉しそうに笑った。

「速かったな、アベ。俺、甲州《こうしゅう》街道で見てたんだけど、通り過ぎるのは一瞬だったぜ。風のように走るってああいうことだろうなあ」

「バレーボールもすごかったわね。東洋の魔女。しびれたわあ」

「紀子さんもなにか見にいった？」

「いえ。でも」にんまりと笑う。「テレビ、買ったのよ」

「え、すごい！　今度見にいってもいいですか」

「大河ドラマとか人気の番組にはご近所中が集まるから、早めに来ないと前の席が確保できないわよ」

「いいなあ。俺もバリバリ稼いでテレビを買うぞ！」

今いるここは、理央のいる現代ではないようだ。つまり、タイムスリップみたいなことになっていて……

「あら～っ」

ハツ子が大声を出したので、全員がカウンター内を見る。

「どしたの、ハッちゃん」

「楽しい会話を聞いていたら、つい」

こちらに向けられたフライパンの中には、スクランブルエッグのような状態の卵がたっぷり入っている。

「それは完全に炒り卵じゃないか。オムライスなら平たくなってないと」

「どうしよう。三人分の卵を溶いて、それをうっかり全部フライパンに投入して混ぜてしまったわ」

「それじゃあご飯を包めないわねえ。しょうがないから脇にでも添えれば？」

「よし、俺にまかせろ」

文治が腕まくりをして厨房に入り、ごしごしと手を洗いだした。

「文ちゃんは手先が起用で、昔はよくハツ子ちゃんの代わりに厨房に立っていたわねえ」

「料理は好きだからちょっとしたものなら作れる。だけど」文治は店内を見回し、しみじみと言った。「ここが立派な店になっちゃったから、俺のやっつけ料理じゃお客さんに出せないからさ」

「ハッちゃんが一念発起して改装したから、今やおしゃれな喫茶店よねえ」

厨房を文治に譲ったハツ子は、嬉しそうにうなずいた。

「費用もかかって大変だったけれど、ようやく理想の《喫茶おおどけい》にすることができたわ。東京オリンピックで日本中が盛り上がるからって商店街の人たちからも勧められて、頑張ってきれいにしたのよ」

理央は改めて見回した。鮮やかな緑色の壁紙。ピカピカに磨かれた茶色い床。幻想的な色合いをもつステンドグラスのランプ。どれも真新しい感じだ。テレビをようやく買ったとか、東京オリンピックを見たとか言っているので、ここは昭和時代だろうと納得する。ええと、昔の東京オリンピックは何年だっけ……

「これでどうだ！」

文治が理央の前に、でん、と皿を置いた。

湯気の立つオレンジ色のチキンライスがドーナツ状に盛られており、真ん中の穴の中にトロリとした半熟卵がこんもり入っている。ところどころに白い部分を残す黄金《こがね》色のスクランブルエッグは艶やかに輝き、ふるふると揺れているかのように見えた。食欲のそそる橙《だいだい》色のライスの上には、焼き目がくっきりついた二センチ角ほどの鶏肉がそこここに載せられ、香ばしい香りを漂わせている。

紀子が目を輝かせた。

「あら美味しそう！　チキンライスが卵を包んでいるのね」

「包むか包まれるか」文治は全部で三皿をカウンターに置く。「それが問題だ」

文治、紀子、理央は揃って湯気の立つオムチキンライスに手を合わせた。

「いただきます」

理央はまず鶏肉をすくって口に運んだ。皮の部分が香ばしく焼けていて、弾力があってジューシーだ。次に、ライスと卵を両方すくって食べた。

ケチャップの酸味、トロリとしたスクランブルエッグの〝たまご〟感、甘みは玉ネギだろうか、ご飯のモチモチした食感、それらが口の中で混ざり合い、なぜか懐かしいような、ちょっと切ないような気分になった。

「……おいしい！」

思わず叫ぶと、文治が指でVサインを作った。

「だろ」

紀子は苦笑した。

「文ちゃんは盛り付けただけでしょ。でも、ほんと美味しいわ。自分の好きなように卵をご飯と混ぜて食べられるのも、いいわね」

「俺はハツ子さんのこの、鶏肉がゴロゴロ入っているオムチキンライスが好きなんだ。チキンを食べてる〜って感じるから」

ハツ子は三人をにこにこと見守っていたが、思いついたように言った。

「包むか包まれるか……なるほどね。いつものオムチキンライスは、親である鶏が子である卵に包まれているけれど、こっちは親が子を取り囲んでいるわ」

一番に食べ終わった文治は水を飲みながら大きくうなずく。

「親はいつでも子を包んでいると思ってるのかもしれんが、必ずしもそうとは限らない。その証拠に、オムチキンライスは立派に商品としてなりたっている」

紀子がゆっくり顔を上げる。

「あたしになにか言いたいわけ？」

「そんなつもりはないけど」下唇を突き出した。「子供って、親が思うよりいろんなことちゃんと考えているんじゃないかな」

紀子は、スクランブルエッグをスプーンで少しすくうと、その上にチキンライスをたっぷり載せ、目の前に持ち上げた。

「親が子供を包んでいるに決まっているじゃないの」

鶏肉を見つめ、自分に言い聞かせるように続ける。

「あの子はまだ十代だし、ちょっとサボりたくなったとしたら、ちゃんと道を示してあげるのが親の役割でしょ」

ふいに理央の頭に、ある事象が浮かんだ。きっと優一の頭に浮かんだことなのだろう。

迷ったあげく、声をあげた。

「友輝は、ちゃんと考えています」

それまでほとんど話していなかった理央……優一が発言したので、全員がはっとこちらを見た。ドキドキしながら続ける。

「黙っていてって言われたんですが、友輝は医学部には行きたくないそうです。紀子さんにそれとなく話したこともあるけれど、即座に否定されてそれ以上は言えなかったって」

「そんなことあったかしら」

怪訝そうな紀子に、ハツ子が優しく言う。

「友輝くんとちゃんと話し合ったらどう？」

「何度も話そうとしているわよ。だけど声をかけると逃げるように行っちゃうし」

「紀子さんが『医学部に行け』ってがんがん圧力かけるから言い出せなかったんじゃないですかね。友輝のやつ、母親想いだし」

理央は痛いほど気持ちがわかった。母の期待に添えない、と言い出せない。その期待は、自分への愛情だとわかるから。

「じゃあ、いったいどうするつもりかしら」

「友輝は、薬剤師になりたいんです」

「まさか」

「本当です。僕が医学部に合格したころから真剣に考えていたようです。自分は人を治す医者より、もっと身近なところで患者さんに寄り添う仕事のほうが向いているんじゃないかって。薬についてはもともと興味があるって言っていたし」

「そんなこと一言も……」紀子ははっと表情を変える。「そういえば去年、薬のことを熱心に聞いてきたことがあったわ」

理央の頭の中に言葉が浮かんできた。これを今、知らせてもいいのだろうか。きっと本当の優一はずっと黙っていたのだ。けれど理央は、なんだかそうしなければいけないような気がして、そのまま口にした。

「その時に、『医者じゃなくて薬の専門家になってもいいな』と話したけれど、『せっかく頭がいいのだから医者になるべきだ』と頭ごなしに言われたって」

紀子の口が開きかけて、閉じた。理央は続ける。

「それきり言い出せないまま今まできて、医大受験専門の塾にずっと通い続けているうちに、辛くなってついサボってしまったんだと思います」

文治がつぶやく。

「子の心、親知らず、か」

「だって、あの子はっきり言わないから」

理央は……優一は続ける。

「薬局で紀子さんがお客さんの薬について親身になっている姿を見て、もっといい薬ができたら、もっと飲みやすい薬を作れたら、って思うようになったそうです」

「……どうしてもっと早く、ちゃんと言ってくれなかったのよ」

紀子の声は尻すぼみになり、沈黙がおりた。

しばらくして、文治がつぶやいた。

「俺から言わせると、お互いに思いあえる相手がいるってのは幸せだよな。俺は戦争でとうちゃんもかあちゃんもじいちゃんも、みんないなくなったから」

理央ははっと文治を見つめる。家族を失って、それでも立派な家具職人になったのか……

紀子は、卵とチキンライスの載ったスプーンをようやく口に運んだ。まるで両者をひとつにまとめるかのように、ゆっくりと嚙み締める。

ハツ子が柔らかく微笑む。

「ノリちゃんからそれとなく切り出してみたら？　友輝くんはいいお医者さんにもなれると思うけれど、本人の気持ちが一番大事だわ」

「うまく聞き出せるかしら」紀子は情けなさそうにつぶやく。「あの子、いつも肝心のことは口にしないのよねえ」

「友輝のやつ、気弱だからなあ。『薬剤師になりたいのか』なんて直接聞かないで、今どうしたいと思っているのかよく考えて教えてほしい、とか誘導してみたらどうすかね」

ハツ子が大きくうなずく。

「先のことは誰もがわからないわ。でも、ひとまず今どうしたいのか、友輝くんも勇気をもって伝えるべきだわね」

理央の心がざわざわと揺れた。

——勇気をもって伝えるべきだ

「もし友輝がウジウジしているようなら、俺が背中をばしっと押してやるよ」

「文ちゃんは」紀子がようやく笑った。「いつもふらっと来てはふらっといなくなっちゃうから当てにできないけど。まあ、ちょっと頑張って聞いてみる」

「私も優一も、なにかあったら力になるわ」

「ありがとう。心強いわ」

文治が急に明るい声で言った。

「ハツ子さん、久しぶりにレコードかけてくれるかな」

ハツ子はいそいそと時計のほうへ向かう。

「なにをかけようかしら」

「じいちゃんの話をしたから急に閃いた。おととしだっけ、〝みんなのうた〟で流行った『大きな古時計』の歌がいいな。ここんちのレコードにもあったじゃないか」

「昭和十五年に出た『お祖父さんの時計』ね。ミミー宮島が歌っているやつ」

ハツ子は大時計の隣の引き出しから、古いレコードを取り出した。

引き出しの上の箱は蓄音機だ。ハツ子は器用にレコードを載せ、針を落とす。

理央にもおなじみの『大きな古時計』のメロディーが流れた。アレンジはジャズっぽくておしゃれだ。歌詞は知っているものと少し異なるが、おじいさんとの思い出を語った内容であることは変わらない。

理央は思い出していた。まだ幼稚園のころだったか、初めてクラシック以外の曲をきちんと弾けるようになったのが、これだった。楽しくて楽しくて、何度も繰り返して弾いた。

そんな理央を母がうっとりと眺めながら言った。

——あなたのおじいちゃんが聴いたら、きっと喜んだと思うわ
大時計を見つめていると、ふいに、鐘が鈍い音を鳴らした。

頭のなかにぼんやり響くような、どこか優しいような音が何度も繰り返される。

理央は急激な眠気に襲われた。


「ハツ子さん、おかえりなさい。健診はどうだった？」

「結果がすぐ出るわけじゃないからわからないけれど、血圧も体重も視力も聴力もばっちりでしたよ」

はっと顔を上げ脇の椅子を見ると、バイオリンケースがあった。振り向いて見た時計は、さきほど眠くなってから十分ほど針が進んでいる。

ハヤテは蝶ネクタイを着け、モップを手にしていた。話している相手は小柄な白髪のおばあさん。目がくりっとしていて、明るく優しい雰囲気だ。きれいなからし色のコートを脱ごうとしているところだった。

「あ、こちら僕の友達の理央くん」

ハヤテが紹介すると、おばあさんはにっこりと笑った。

「いらっしゃい。かわいらしいお友達だこと」

さっきカウンターにいた優一の母のハツ子がもっと年を取った感じだ。つまり、この人は……

「こちらは店主のハツ子さん。僕の祖母です」

理央は立ち上がり、慌てて頭を下げた。

「ボクのせいで、ハヤテさんに怪我をさせてしまったんです。それで、謝らなきゃいけないと思ってここに来たんですけど、あの、ホントに……」

「え、なんですって？」おばあさんは急に声を上げ、耳に手を当てる。「このところ聞こえが悪くてねえ。なにか食べていってね。今日は私が出かけていたので、これから開店なのよ。あら、表の札をひっくり返さなきゃ」

ハツ子がそそくさと逃げるのを見て、ハヤテが苦笑する。

「聴力は健診でばっちりだったはず。それに、うちには『営業中』の札はないんだけどな」そして理央を見つめた。「不思議なことが起きたでしょ」

大きくうなずく。

「昔の東京オリンピックの直後にいました！」

「昭和三十九年。西暦だと一九六四年。ちょうどその年、この《喫茶おおどけい》が大幅にリニューアルして、当時としては最新流行の喫茶店に生まれ変わったんだ」

理央は、さっきいたときからずいぶん長い年月が流れたであろう室内を見回した。あんな昔でも、母と子ってすれ違っていたんだな。

「理央くん、座ってて。賄いご飯を作るから一緒に食べよう」

さっき食べました、と言おうとして、お腹がぐうとなった。あれを食べたのは優一だったのか。

ハヤテは微笑む。

「ハツ子さんと文治さんが編み出したオムチキンライスは、見た目も味も保証済みだよ」

カウンター席に座って待つと、ほどなく、さきほど食べたはずのオムチキンライスが現れた。

黄金色に輝くスクランブルエッグを、飴色《あめいろ》のチキンライスが包んでいる。

「包むか包まれるか」理央はつぶやいた。「ボクは結局、包まれているのかなあ」

ハヤテは自分の分をカウンターに置くと、理央の隣に座る。

「どっちもじゃないかな。時には鶏肉が卵を包み、また別の時には卵がチキンを包む。一方的じゃなくていいんだと思う」

理央は素直にうなずき、二度目のオムチキンライスに挑んだ。

黙々と食べ、お腹いっぱいになって満足のため息を漏らす。

ハヤテが水を飲みながらピアノに視線を送った。

「僕は十代のころ、音楽の道に進もうかなって漠然と思っていた時期がある。だけど左手を怪我してしまったんだ。日常生活に支障をきたすほどではなかったんだけど、なんか悩んでしまってね。そのとき、不思議なことが起きた」

彼はまっすぐこちらを見た。理央はなんとなく言葉に出すのがためらわれて、心の中で問う。

──それが、あのタイムスリップだったんですね

ハヤテは顎を引いた。

──うん、そうだよ

彼はゆっくり立ち上がった。

「結局、音楽以外の道を選んだ。そのために両親とじっくり話し合わなきゃいけなかったけれど、勇気を出して、そのときの気持ちをきちんと伝えたんだ」

理央はおずおずと聞いた。

「やめたことを、後悔しなかったんですか」

「あのときは目の前のことしか見えていなくてすごく悩んだけれど」ふっと微笑む。「悩むことも必要だったんだ。今は趣味でたまにピアノを弾くくらいだけど、それもまた楽しいよ」

「楽しい……ですか」

「音楽って、楽しいものじゃない？　苦しいばっかりじゃ続けられないよね」

ハヤテが大時計を見つめたので、理央も視線をやった。

「……さっき起きたことは、時計のせいなんですか？」

「かもしれない。あれは僕のおじいちゃんのものなんだ。戦争のとき、おじいちゃんの夢に現れた時計が、壊されて武器とかに変えられる前に隠してほしいって言ったんだって」

理央は目を見開いた。

「時計が、言ったんですか？」

「すごいでしょ。空襲も潜り抜けた強者だそうだ。なにかの力を持っていても不思議じゃないよね」

理央は素直にうなずいた。

「さっき『お祖父さんの時計』っていう歌を聞いたとき、不思議な雰囲気だなあって思いました。時計が魔法を使っても信じられるような気がします」

「『大きな古時計』だね。平井堅《ひらいけん》が歌って大ヒットしたから、僕もピアノでよく弾いたよ」

大時計が呼応するかのように三時の時報を鳴らした。とたんに、客がわらわらと入ってくる。

ハツ子が白いメイドエプロンの紐を後ろ手で結びながら対応した。

「いらっしゃい。もしかして入口で待っていた？」

威勢よく入ってきた杖のおばあさんは、嬉しそうに言った。

「三時からって聞いてたから、時計が鳴ったら入ろうと外で待ってたわよ」

「あらまあ、律儀な」

数人のおばあさんたち、赤ちゃん連れの夫婦、女性二人組などの客が入り、一気ににぎやかになる。理央の前のコップに、オレンジジュースのお代わりが注がれた。

「もう少しゆっくりしていって」ハヤテが急に目を輝かせた。「あとでちょっとセッションしない？」

ハヤテはピアノの前に座る。その脇にバイオリンを持つ理央が立った。

ハヤテが目で合図を送ってくる。

理央はうなずき、一度だけ息を吐くとおもむろに弓を持ち上げた。

力強い弦の音が店内に響き渡る。

『大きな古時計』の出だしは、ゆったりと朗々と始まる。二音目からのびやかに高らかに持ち上げ、第一フレーズは丁寧に、柔らかく。

繰り返しのフレーズの後半はやや力強く、《喫茶おおどけい》の空間をフルに使うイメージで。

次のフレーズは楽しそうに、おじいさんの誕生を祝う両親の弾んだ気持ちを表現する感じで、家にやってきた大時計が小さな赤ん坊を見守りながら嬉しそうに時を刻むみたいに。

一番の終わり部分は優しく、少し哀しげに、でも包み込むように。

ここでハヤテのピアノと入れ代わる。理央は呼吸を整えながら聴き入った。煌めくような、輝くような音。なんて美しい音色なんだろう。あ、でも低音でちょっとだけ違和感。さっきの怪我の影響かな。ほんとにごめんなさい。

テンポが少し早くなり、ハヤテが嬉しそうに視線をよこした。

理央は再び第一フレーズを弾き出す。さきほどよりももっと力強く、もっと響くように、もっと、もっと届くように。

時計の想い、おじいさんの想いを、高らかに唄え。

ピアノがすぐに返事をしてくる。いいぞその調子、と。

ハヤテが左手で指を鳴らしてジャズのリズムを刻み出し、曲調が変化する。夢中で合わせた。こんな弾き方は初めて。ハラハラドキドキ。

でも、なんて楽しいんだ！

ピアノがどんどん速くなる。

——まって。むり。そんな
——間違えたっていいんだよ。音楽は楽しく弾くんだ
ハヤテさんはにこにこ笑っていた。ボクも笑っている。ピアノの音に、そして自分のバ

イオリンの音色に酔う。

ハヤテが目配せする。ここだ。息を合わせて、終盤に向かう。

理央が最後の一音を長く弾くと、ハヤテが高音でチラリン、と余韻を残した。

一瞬の静寂。

そして拍手喝采。十人ほどの客たちがもれなく手を叩いていた。

「うわ～っ、いいもの聞かせてもらったわ～」

四十代くらいの女性二人連れのうちの一人が、元気よく叫んだ。

揺り椅子に座ったハッ子は涙目でしきりにうなずいている。感動してくれたんだ。

かつてない興奮が身体の芯から沸き起こってくるのを抑えられずにいた。

ハヤテが立ち上がり、理央を示すように片手を上げる。拍手がさらに強まった。

慌てて胸に手を当てぺこりと頭を下げる。涙が浮かんだ。

頭を上げると、今度はハヤテの方を片手で示す。彼も恥ずかしそうにお辞儀をした。

「ブラボー！」赤ちゃんのお父さんが叫んだ。

どんな立派なコンクールでのコールよりも嬉しい。

ハヤテは大きなため息をついた。

「久々だったんで緊張しました」

「ハヤテくん、こんな才能があるなんて知らなかったわよ」杖のおばあさんが彼の背中をバンバン叩いた。「ただのイケメンでぼーっとした青年なだけじゃなかったのねえ」

「それは褒めているんでしょうかそれとも……」

饒舌なピアノとは真逆の、ぼそぼそした細い声。ギャップありすぎだよ、ハヤテさん。

理央は笑っていた。こんなふうに笑ったの、いつ以来だろう。

バイオリンが好き。でも今は苦しい。それをちゃんとお母さんに言わなくちゃ。

そして、音楽は楽しいと心から思えるようになるにはどうしたらいいか考えよう。お父さんやお母さんのために弾くんじゃなくて、自分のために弾いて、もしそれを聴いてくれた人がちょっぴりでも感動してくれたら、それがきっと、すごく幸せなことなんだろう。

理央は背の高い大時計を見上げた。それでいいよ、と優しく言ってくれたような気がした。

「ハヤテさん、今度、オムチキンライスの代金を持ってきます」理央はバイオリンをしまいながら言った。「今日はこれで失礼します。練習に行かないと」

「代金はどうでもいいけど、気が向いたらぜひまたどうぞ」

ハヤテがドアまで見送ってくれる。ハツ子も奥のほうから手を振った。

「またいらしてね」

理央はバイオリンを背負うと深々と頭を下げたのち、元気よく店を出た。

消灯

ハヤテは片付けを終えてガス栓を閉めたのち、ふとピアノに視線を送った。

先日の即席演奏会はとても楽しかった。今もまだ興奮が胸のうちに残っている。

悩める少年バイオリニストは、あの後ほどなくお母さんと一緒に店にやってきた。前回のオムチキンライスの代金を支払った母親は戸惑いながら店内を見回し、ピアノと蓄音機には長く視線を送っていたっけ。

そのときに理央と連絡先を交換しあい、今や少年は《喫茶おおどけい》の秘密を唯一語り合うことのできる友人だ。

理央は、お母さんにはっきりと気持ちを伝えてひと悶着あったようだが、ひとまず十二月のコンクールの出場は取りやめたという。

彼は少し嬉しそうに言った。

――親子って、いろいろ面倒ですね

その通りだとハヤテは思う。

ハヤテの父、優一は大学病院の小児科に勤務しているときに看護師の母と出会い、結婚した。二人はハツ子の店の近くに居を構え、女の子二人と、少し間があいてハヤテをもうけた。両親が共働きだったハヤテたちにとって、《喫茶おおどけい》は遊び場であり勉強部屋であり、様々な年代の人たちとの交流の場でもあった。

ハヤテが十三歳の時、父は無医村の島に移住すると言いだした。優しく物静かな父だが、こうと決めたら梃子《てこ》でも動かない。母も付いていく決断を下した。姉二人はすでに成人と大学生で、自分の道を歩んでいたが、多感な中学生は戸惑った。新宿から二駅の都心での生活から、生徒が十数人しかいない島の中学への転校は大いに不安だった。

結局、ハヤテだけ《喫茶おおどけい》の二階にある小部屋に住まわせてもらうことになった。

おばあちゃんとの二人暮らしが始まってしばらくしたとき、ハヤテは初めて〝昭和の時代〟にいざなわれた。それはハヤテが、先日のバイオリン少年のように自分の行く末を悩んでいたときで、その体験によって前に進む決意をすることができたのだった。

ハヤテは、信じてもらえないだろうと思いつつもそれを祖母に話した。

——いいわねえ。私もぜひ行きたいわ。どうしたら行けるのかしら

いちもにもなく不思議な話を受け入れてくれた祖母に、孫は感謝した。

その後、まったく不定期だがハヤテは昭和の《喫茶おおどけい》を何度も〝見た〟。

〝見た〟のか〝感じた〟のかわからないが、悩める誰かが過去へいざなわれるとき、ハヤテの脳裏には就寝時の夢のようにその光景が浮かぶのだ。

そして理央が経験したあのシーンは、ハヤテが初めて過去へ行ったときとまったく同じだった。ハヤテも、父の優一として紀子の悩みを聞いたのだった。

そのように過去のシーンがかぶることは初めてだったので、ハヤテは理央にシンパシーを感じている。

公園で少年と出会ったのもひょっとしたら偶然ではなく、理央の苦悩を察知したなにものかのはからいなのかもしれない。それにより彼は救われたが、自分にとっても、秘密を共有できる友人を得ることができて幸運だった。

ハヤテは社会人になってからも一度、自身が過去へいざなわれた経験がある。一般企業に就職したものの、高校時代から興味を持っていた絵を描くことを、本気で仕事にすべきかと悩んでいたときだ。

結局会社を辞めてフリーになり、ハツ子には店でのバイトを提案してもらって今に至る。接客業はあまり得意ではないけれど、この店で働くのは楽しいし、おばあちゃんとおじいちゃんの愛情をたっぷり感じられる。たとえイラストレーターとしてめちゃくちゃ売れたとしてもバイトは続けたい。ハヤテにとって、それほど大切な場所になっていた。

森閑とした店内を見回し、電気を消す前に、大時計の振り子が規則正しく動くのを見つめる。

時は、前にしか進まない。そして人は、しばしば後で悔やむ。だけど、だからこそ、自分から前に進んでいかなければならない。でないと置いていかれてしまうから。

そんなことを、この店は時々教えてくれる気がする。

理央は聞いてきた。

――起きたことは、時計のせいなんですか？

そうだと思うが、定かではない。なぜハヤテにだけその光景が見えるのかもわからない。

海老茶色の美しい時計に向かって、そっと話しかけた。

「なんで、僕だけ見えるの？」

同じように喫茶店内にいても、ハツ子はお客さんと共に昭和へ戻ることはない。彼女が実際に経験した過去に戻るのだから、見えなくてもよさそうなものだが、おばあちゃんはいつも不平を漏らす。

――私も見たいわよ。なぜハヤテだけなの？

再び時計に問うてみる。

「それは、僕にハツ子さんを見守っていてくれ、ということなの？」

劇的に「ボーン」とでも返事をしてくれればいいものを、大時計は静かに時を刻むのみだった。

若き日の
ミルクセーキ

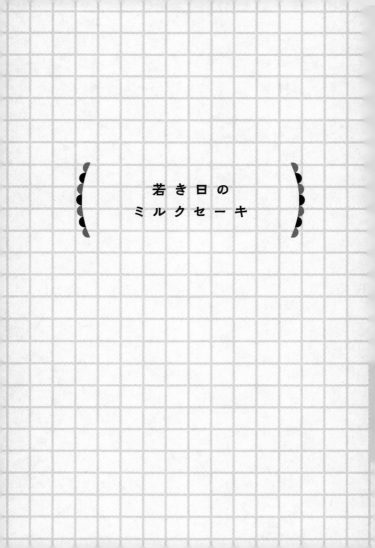

「お母さん、もう帰りましょう」

しかし、前を歩く母の幸子《さちこ》は振り向きもしない。和代《かずよ》は、しかたなくあとを追う。

「ねえ、帰りましょうよ」

何度このセリフを言っただろう。話したことを五分後には忘れてしまうし、和代の言葉はそもそも無視されるのだが、それでも、つい声をかけてしまう。

決然として歩いていくその小さな後ろ姿は、言葉の通じぬ異邦人のように遠い存在だ。あんなに優しくて細やかな気遣いのできた母はどこへいってしまったのだろう。

視界が涙でぼやける。

母がこんなになるまでは、私の人生もそこそこ順調だったのに。

島本《しまもと》和代は東中野で生まれ育った。子供のころから明るく活発で、二歳下の弟の面倒をよく見る優しい一面も持ち合わせていた。

面倒見のよさはお母さんゆずりだろうと周囲からよく言われたものだ。

和代の母、幸子は典型的な良妻賢母で、夫と娘と息子の世話に人生のすべてを捧げたような人だった。

「和代ちゃんのお母さんはいつもにこにこしてて、ステキね」

友達にそう言われ、嬉しかった。穏やかで、いつも身なりを清楚に整え、誰にでも優しい自慢の母だが、一本芯が通っている強さもあった。彼女が「ノー」と言うときは相当の覚悟があるようで、決して翻《ひるがえ》らなかった。

和代が幼稚園のときに、どうしても欲しいおもちゃがあった。人気アニメの主人公の女の子が変身のときに使う小さなスティックだ。友達はみな持っている。それなりに高額だったらしく、誕生日などの特別な日の贈り物としてもらうことが多いようだった。和代もクリスマスプレゼントにと頼んでみた。

当日の朝、母は言った。「サンタさん、そのおもちゃをもっていなかったのよ」代わりのプレゼントは四十八色の色鉛筆だった。

友達はみんなサンタからもらったと言っていたのに。ショックを受け、大泣きをした。

しばらくしてから知ったが、そのおもちゃは形状が複雑で、全国で何人かの子が指を挟むなど事故があったという。和代が大泣きしてから一ヶ月ほどしてそのニュースが流れ、友達はみな使わなくなった。色鉛筆は高校生になっても健在だったので、母の選択は正しかったと言える。

しかし〝みんなと一緒がいい〟と思ってしまいがちな和代は、その後も折に触れ、母の頑なな「ノー」と衝突した。

小学校一年のとき、銀座にオープンしたハンバーガー屋に友達がさっそく行って、新しい飲み物片手に歩行者天国をぶらぶら歩いたと聞き、母にねだってみた。

――私も新しいドリンクを飲んでみたいの
しかし母は取り合わなかった。

――銀座ならば資生堂パーラーがあるじゃないの。あそこで美味しいジュースを飲みましょう
六歳の和代が憧れたのは高級な喫茶店ではなく、アメリカ的な新しいスタイルでの飲食だったが、母には理解してもらえなかった。クラスの友達が、やれバニラ味が美味しかったなどとはしゃぐのを見るたび、悔しくてしかたなかった。

しばらく母との会話を拒否してみたが、幸子は折れなかった。和代は、大きくなって自分でアルバイトして稼いでから行くことにしようとあきらめざるを得なかった。

幸子は総じて子供たちに献身的だった。学校のＰＴＡ活動、お稽古ごとの送り迎え、部活のサポートなどこまめにこなし、受験や就職活動のときには陰になりひなたになり応援してくれた。和代は年を経るにつれ、母がいかに子供たちに寄り添ってくれているか身に染みるようになったので、たまに現れる「ノー」も、これはこれで母の愛情の一部なのだと割り切ることができた。

二十代後半、和代は三歳年上の男性とめでたく自分の家庭を築くこととなる。母のようなお母さんになれたら。和代はそんなふうに願った。

結婚後しばらくの間は練馬《ねりま》や杉並《すぎなみ》に住んだが、二人目の子が生まれたのをきっかけに、面倒見のよい母のそばにいるほうが何かと便利だろうとの目論見《もくろみ》もあって、実家のある東中野に中古マンションを購入した。

幸子はおばあちゃんになっても自分の主義を変えず、普段は孫にとても優しかったが、例えばおもちゃが欲しいと言われても、とことん検討してそれが孫にとって有益であると判断したときしか買わなかった。どんなに欲しくてもダメな場合があると悟った孫たちはあきらめのよさを身につけてくれたので、和代も母に感謝していた。

和代は出産前後の数年以外は仕事を続けたので、母の手助けを大いに頼りにした。幸子は趣味の手芸教室やゴスペルの会にも通っていたが、和代の用事をいつも優先させてくれ、子育てをサポートしてくれた。

子供たちはグレることもなくまっすぐ育ち、夫は大きな病気もなく働いてくれ、和代の仕事も順調だった。取りたてて華やかな人生でもないが、大きな荒波もなく無事に幸せに過ごしていた。

ところが、三年ほど前に父に大腸がんが見つかってから、和代の周囲に暗雲が立ち込めるようになる。父は闘病生活の末、一年前に帰らぬ人となり、母は萎《しお》れたように元気を失った。幸子のような世話焼きのタイプは、面倒を見る相手を失うことがすなわち活力の低下につながるのだと初めて知った。孫たちは大学生と高校生、さほど手もかからなくなっており、幸子は寂しそうだった。

和代は励ました。七十代後半、まだまだ元気でいろいろ楽しめるから、趣味の場でも活躍してね、と。

しばらくしてようやく元気を取り戻し、外出を増やすようになった矢先、それは突然やってきた。

予兆はあったのかもしれない。知識不足で気づかなかったり、潜在的に見て見ぬふりをしていたのかもしれないが、とにかく、和代には唐突に感じられた。

ある朝、母から電話があった。

「財布の中にお札がぜんぜんないのよ。何枚か入っていたはずなのに。あなた今日、うちに来て抜いていったりしていない？」

「こんなに朝早くからお母さんのうちに行ったりしないし、黙ってお札を抜くなんてしないわよ。なにかの買い物で使ったんじゃないの？　昨日はどこへ行ったの？」

母の声は戸惑い気味だ。

「どこかへ行ったんだったかしら」

「スーパーは？　買い物したんじゃない？」

やがて、母は言った。

「そういえば、スカーフを買ったんだったわ。いやあねえ。忘れていた」

「じゃあ、それでお札を使っちゃったんじゃない？　現金は手元にあるの？」

「銀行に行くから大丈夫。ごめんなさい、変なこと言って」

安心して電話を切った。母も外出が増え、思ったよりも出費があるせいかもしれない。父の残してくれた財産で悠々暮らしていけるのだから、少しくらい贅沢をしてもいいだろう。そんなふうに考え、家族を送り出して自分も出勤するために支度をしていると、再び母から電話があった。

「ねえ、お財布からお金が消えているのだけれど、あなた、今日うちに来てお札を抜いていったりしていないわよね」

切羽《せっぱ》詰まった様子の声に、頭から冷水を浴びたような衝撃を受けた。

「……その話、さっきもしたわよ」

「してないわよ」

「したわよ」思わず強い口調になる。「三十分くらい前に電話くれたじゃない。昨日スカーフを買ったから、それでお札がなくなったって確認したじゃない！」

電話の向こうに困惑の空気が漂う。

母は「そうだったわごめんごめん」と言って電話を切るも、和代の胸に大きな不安が湧き上がった。

しばらくはそうであってほしくないという思いから、あえてその話題を持ち出さなかった。母は元気そうにしているし、その後はおかしな電話はなかった。

しかし二ヶ月後、和代もよく知る母の手芸教室の仲間から電話をもらった。

「こんなこと言いたくないけれど、幸子さん、認知症の症状があるんじゃない？」

和代は大いに動揺した。

「お約束を二回も忘れていたわよ。それに、いつもきれいな服を着ていらっしゃっていたのに、この前は胸にソースがべったりかかったカーディガンを着ていて、『付いているわよ』って言ったら、ものすごく驚いた顔をしたの。まったく身に覚えがないって感じで、『ひょっとして、和代がこっそり家に来てこのカーディガンを着て汚したのかも』なんておっしゃるのよ。そんなことあり得ないでしょ。だからお知らせしておこうと思って」

礼を言って電話を切ると、和代はへたり込んだ。

ニュースやドラマの中の出来事だと思っていたのに、自分の母親がボケるなんて。ネットで調べてみるといろいろと症状が当てはまり、絶望的な気分になる。とにかく病院へ連れていかねばと決意したが、ある意味では頑固な母がすんなり受診を承諾してくれるとは考えにくく、気が重くなった。

その日の夜、家族が揃った時に話をした。

「ヤバいじゃん」大学生の息子の第一声だ。「ボケ老人ってこと？　テレビとかでよくやっている、徘徊《はいかい》したり、汚い言葉を使ったりって、ああいうやつ？」

重い沈黙ののち、夫がのろのろと言った。

「まあ、いろいろと大変になるだろうから、お前たちもお母さんの負担にならないよう、自分のことは自分でやれよ」

「お母さんに一番手間をかけさせてるのはお父さんでしょ」娘は眉間に皺を寄せる。「あんなしっかりしたおばあちゃんがボケちゃうなんて、なんだかショック」

私が一番ショックだ。これからいったいどうなるのだろう。

家族は当てにならない。夫も息子も介護なんてまったく無理だろう。娘は優しく気遣いのできる子だが、大学受験を控えている。

家庭をもち松山《まつやま》で暮らしている弟に電話をしてみた。やはり衝撃を受けた様子だったが、経済的援助はするから実際の介護は姉に任せる、という予想通りの返答だ。

私が頑張らねば。これまで母にたくさん助けてもらったのだから恩返しせねば。長年勤めてきた行政書士事務所の事務の仕事は辞めたくないから、時間をやりくりしてなんとか乗り切ろう。

そんな決意をして、介護生活が始まった。

もの忘れ外来の受診を拒否し続ける母を騙すようにして病院に連れていき、アルツハイマー病と診断されて改めて現実を突き付けられた。その後は、要介護認定の手続きを行ったりデイサービスへの通所を検討したりと、こまごまとした用事が山積みになった。

母は、これまですべて自分でやってきたという自負があるため、和代の介入をたいそう嫌った。よかれと思っての提案は全力で拒否され、なにひとつスムーズに進まない。

「デイサービス？　そんなのヨボヨボした年寄りが行くところでしょ。私は元気だから行かないわ」

「なんであなたが通帳を預かるの？　お父さんが残してくれた財産を勝手に使うつもり？」

「薬はちゃんと飲んでいるわよ。薬入れカレンダーなんて必要ない。あなた、私を馬鹿にしてるんでしょ」

言い争いが増え、和代の神経はすっかり参ってしまった。

昼夜かまわず電話がかかってきて「私の大事なブローチがなくなっている。あなたがこっそり持っていったんでしょ！」などと責められる。いつも探し物をしているからかリビングや寝室に服などが山積みになる。冷蔵庫の中は何度も買ってきた同じ品で溢れる……。

半年が過ぎたころ、和代は体調を崩して仕事を辞めざるを得なかった。現在五十一歳。先々、母の症状が落ち着いたとしても再就職は容易ではないだろう。

家族は案の定、ほとんど役に立たない。一人暮らしが難しくなってきた先月、母を和代たちの住むマンションに連れてきてみたが、夜中に起き出して大音量でテレビを見たり、勝手に子供たちの部屋に入って物をあさったり、水を出しっぱなしにしたりするので、夫はたまりかねたように言った。

「お義母さんもこのマンションじゃ落ち着かないから、おまえが実家にしばらく住むってことでどうかな。俺たちの食事はなんとかするからさ。掃除や洗濯は、たまに帰ってきたときにまとめてやってくれればいいし」

家事をおろそかにしている負い目を感じる反面、夫がもう少し手伝ってくれてもいいのにという思いがぬぐえなかった。子供たちが小さかったころはあんなにお母さんに助けてもらっていたじゃない。なのにボケたら急に知らん顔ってどういうこと？

孤独を感じつつ、しばらく実家で過ごすことを選んだが、幸子は次第に奇妙な言動が増え、ときには娘の顔もわからなくなり、和代は無力感を覚えた。

ことにこの一ヶ月ほどは母が徘徊を繰り返すようになり、心身ともにくたびれ果てる毎日だ。

突然、「行かなきゃ」と家を出ていく。こうなると止められない。一度、力ずくで止めようとしたら大声で叫んで抵抗され、隣の人がなにごとかと駆けつけたので、とても恥ずかしい思いをした。

出かけようとする母に説得を試みるが、理屈は通らない。何度も押し問答したあげく、結局、外に出てしまう。

歩く道はさまざまだ。目的があるらしいので最初のうちは細かく尋ねていたが、つじつまの合わない話に疲れてしまい、やがて聞くのもあきらめた。ただ、ついていくだけだ。

今日は駅前の商店街入口上部に掲げられた《ギンザ通り》のゲートを見上げ、「ここだわ」とつぶやくと歩き出した。自動車一台がやっと通れるほどの狭い通りで、両側に昔ながらの小店舗が並ぶ。山手通りから入って早稲田《わせだ》通りに抜けるまで、母の足で二十分少々。そこを、行ったり来たり。

十一月下旬の冷たい風が時おり頬をなぶり、和代はマフラーに顔をうずめた。

「ねえ、帰りましょうよ」

しかし、返事はない。

頑なに歩き続ける小さな後ろ姿は言葉の通じない異邦人のように遠い存在に思え、目に涙がにじむ。

あんなに優しくて細やかな気遣いのできた母は、もういない。認知症のせいでもあるらしいが、頑固さが前面に出てきて、ただのわがままばあさんだ。

身体は健康そうで足腰も丈夫だから長生きするかもしれない。いったいいつまでこんな生活が続くのだろう。

施設、という言葉がしばしば浮かぶが、どんなものがあるのか調べる余裕もない。公的なものは順番待ちでなかなか入れないと聞くし、私設のものは費用がかかるイメージだ。

それに、病院の受診もあんなに大変だったのだから、施設入所を説得するのはさぞ難儀だろう。「私をそんなところに放り込む気か！　虐待だ！」などと叫ばれたら、完全に心が折れてしまう……。

母が急に立ち止まったので、その背中にぶつかりそうになった。

「……どうしたの？」

母の目前にひょろりとした男性が立っている。母の脇から彼を見た。

きれいな細面の青年は、グレーのダウンジャケットと蝶ネクタイというちぐはぐな出で立ちで端然として立っていた。母はうっとりした顔で見上げている。

「お待ちしておりました」彼がささやくように言う。「さあ、どうぞこちらへ」

母は差し出された手を得意げに握った。青年が、そのすきに和代にメモを差し出してくる。

『商店街を何度も行き来していらっしゃるのを拝見し、さしでがましいと思いましたが店の者に声をかけさせました。　喫茶おおどけい　店主・羽野島ハッ子』

虚を衝かれる思いだった。

喫茶店で休憩する。どうしてそんなふうに母に声をかけなかったのだろう。家に連れ帰ることばかり考えていた。

店舗と店舗に挟まれた路地に、喫茶店の立て看板が見えた。青年は母をエスコートして奥に進み、ステンドグラスの扉を引いた。

「あらまあ、すてきなお店」

戸口に立った母が、珍しく明るい声を出した。

「いらっしゃいませ」迎えたのは、母よりも年上に見える高齢女性だ。この人が羽野島ハツ子だろうか。「お待ちしておりましたよ」

幸子は青年に導かれ、なぜだか優雅な足取りでソファ席に座った。

和代はおずおずと店内を見回す。客はいなかった。いわゆる昔の喫茶店の雰囲気だ。入口脇の立派な大時計が、家を出てから一時間以上経っていることを示していた。

青年が母の対応をしている間に、ハツ子が近づいてきてささやいた。

「余計なお世話だったかもしれませんが、この寒空にずっと歩いていらっしゃるのをお見かけして、お疲れになっているのではと思いましてね」

「助かりました」和代もささやき声で返す。「実は、母はそのう」

ハツ子はにっこりと笑って微かにうなずく。わかっているらしい。

母の向かいに座ると、身体が革張りのソファにずっしり沈み込んだ。へとへとだ。吸い込む空気があたたかく、疲労が体内から溶け出していくように感じられた。

「こんにちは」ハツ子が母に向かっておしぼりを差し出す。「ええと、ごめんなさい、度忘れしてしまって。どちらさまでしたっけ」

「あら嫌あねえ、小田《おだ》幸子ですよ」母は嬉しそうに言う。「こっちは娘の和代」

「そうそう、幸子さんでした。それからお嬢さんの和代さん。思い出しました。どうですか、最近の調子は。寒くてかないませんねえ」

「冬になると腰が痛くなって。ほんと困りますよ」

「わかります。私も立ち仕事なので最近はしんどくて」

「お元気そうですよ。本当にお若いわ」

母がお世辞めいたセリフを吐くのを、和代は不思議な思いで聞いた。まだ社交的な会話もできるのね。私と二人のときは駄々っ子みたいになってしまうのに。

「このギンザ通りへは、お買い物に?」

幸子は大きくうなずいた。

「銀座に行ったらまずは和光《わこう》、それから松屋《まつや》デパート。休憩には資生堂パーラー。ですよね」

「まさに王道です」

まるで毎週でもあの銀座にお買い物に行っているような言い方だ。せいぜいが年に数回、余所《よそ》行きの服を着て出かけ、銀座和光に恐る恐る足を踏み入れてショーケースを眺め、デパートであちこち見たあげくハンカチなどの小物を買い、疲れ切って資生堂パーラーで軽い飲み物を飲む程度だったじゃないの。

「銀座はようございますねえ」

　母は高らかにそう宣言した。

「私たちのあこがれの街でした」ハツ子もにこにこと答える。

「新宿はここから近いので便利ですけれど、銀座に赴くのは格別な気分を味わえますよね」

　確かに和代にとっても、銀座はある種のステータスを得られる街だという印象があった。しかし馴染みがあったのは刺激の多い新宿やファッションの街渋谷《しぶや》で、憧れをもったのは洗練された雰囲気の青山や麻布《あざぶ》だ。

　母はしみじみとした様子で言う。

「銀座も少しずつ変わりはしましたけれどね。ほら、若者向けのお店なんかが増えて。私も最初は眉をひそめましたが、それも時代の流れなのだと納得いたしました」

「確かに、銀座も高級路線一辺倒ではなくなりましたねえ」

「私は、歩行者天国なんていうものを見て仰天しました」

　そういえば歩行者天国っていつごろからあったんだろう。和代が小学生のときには存在していたような。

「若い人がたくさん歩きながら食べたり飲んだりしていて、最初は品がないと思ったりしましたが」

「でも」ハツ子が楽しそうに答える。「実はやってみたいなあなんて思ってしまいましたよね」

幸子はさも嬉しそうにうなずいている。こんな上機嫌の母を見るのは久しぶりだ。

ハツ子という女性は人を和やかにさせる独特の雰囲気を持っているようだ。茶目っ気たっぷりの表情で言う。

「私、息子には内緒で、こっそり行ってアメリカンスタイルを試したものですよ」

母は少し反応が遅れ、ようやく答える。

「奇遇ですね。私も試したことがあります」

途中で会話の内容がわからなくなってしまったのかもしれない。認知症が進むと、たった今話したことも忘れてしまうのだ。でも今日の母はわりと冴えている。歩行者天国の話でこんなに盛り上がるとは。

「こちら、メニューです」

イケメン店員は幸子の前に茶色いカバーのメニューと、恐らく老眼鏡が入っているであろうメガネスタンドを置いた。

母は嬉しそうにメガネをかけてメニューを開く。

「お腹空いちゃったわ。なにか甘いものがいいかしら」

出かける前にかりんとうをたくさん食べたくせに、と和代は苦々しい思いで母を見る。しかし、一時間歩き続けたのだからそれなりに消化はしているかもしれない。私はあたたかいものでも飲もうかしら。

急に母が睨んできた。

「和代。冷たいものはダメよ。お腹を壊しますからね」

こちらのセリフだ。つい先日、冷たい牛乳を飲み過ぎて下痢《げり》したのは誰よ。

「室内はあたたかいから、多少は大丈夫ではないかしら」

ハツ子の言葉に、幸子は急に笑顔を見せる。

「このお部屋はあったかいわね。冷たい飲み物にしましょう」

母は顔を上げて、店員に声をかけた。

「ここ、銀座よね」

「まさに、銀座です」

母は、ひどく嬉しそうに言った。

「では、あのセークを」

彼が何か言いそうになるのをハツ子が止めた。

「あのセークですわね。もちろん、銀座に来たら飲まなければ」

幸子は満足げにうなずく。

おそらくハツ子もわからないのだろうが、話を合わせてくれているに違いない。申し訳なくて、和代は言った。

「お母さん、紅茶でいいわよね」

「セークよ」

「でも」和代はメニューを眺めた。「セークなんてメニューは」

「ハヤテさん、二番目の引き出しのノートを見て作ってね」

「了解しました」

ハヤテと呼ばれた青年は黒いソムリエエプロンをまとい、カウンター内へ。

そんなメニューが本当にあるのだろうか。それとも適当なものを出して「セークです」とやり過ごすのか。

ハツ子は落ち着いた様子で会話を続ける。

「私も初めてあれを飲んだときはびっくりしましたよ」

幸子が大きくうなずく。

「私は、これはいけないと思いましたわ。とても幼い娘には飲ませられないと」

二人とも、セークがなんだかわかって話しているの？

「若いころは未知の世界に憧れるものですからね」

ハツ子は大時計に近寄り、脇の棚の上をいじった。

「なにか、懐かしい曲でもかけましょうか」

蓄音機だ。いまどき珍しい。彼女は丁寧にレコードをセットした。

流れてきたのはメロウな曲だ。女性が朗々と、若い日の夢を懐かしく思う気持ちを唄う。二番は男性だ。ワルツのような三拍子で、間奏にウクレレが入ると少しハワイアン風に聞こえる。恋愛ものの白黒映画のラストに流れてきそうな、ドラマチックな雰囲気だ。

「この曲、『若き日の夢』ね」母がしみじみと言った。「若いころ、うちは貧乏でしてね。銀座なんて行くのは夢のまた夢。でも私が大人になったときには、一般庶民もおしゃれして銀ブラできる雰囲気になって、いい時代がきたなあと思いましたよ」

和代は、改めて自分の母を見つめた。

和代が小学生くらいのころ、母がきちんとスーツを着こんで、和代もフリフリのドレスを着せられ、弟まで白いシャツとサスペンダー付きの紺のズボンなど穿かされ、揃って外出したことを思い出した。堅苦しくてあまり好きではなかったが、あの外出は、母にとって特別なものだったのかもしれない。

大時計がゆったりと時を告げた。あら、今何時だったかしら。

緩やかなくぐもったような響きのせいか、急に眠気が襲ってくる。ここのところまともに眠れていないからかしら。嫌だわ、こんなところで……

「やっぱり北《きた》の富士《ふじ》が一番よ」

「あたしは玉《たま》の海《うみ》だわ」

「ああ、残念だったわねえ。あんなに若いのに」

和代は、二人の女性の会話を夢見心地に聞いていた。お母さん？　いや、声が違う。誰？

薄目を開けると、さっき入った喫茶店内にいるのだが、なんだか様子が異なる。母がいたはずのソファには大柄な感じの七十代くらいの女性が座っている。

「なんで残念なのよ。玉の海がどうしたの？」

目の細いそのお年寄りは、脇に立つ女性に向かってとがめるように言った。

「だってキミさん、玉の海は先月亡くなってしまったでしょ」

応えた女性は、和代よりは少し若い四十代だろうか、小柄で目がくりっとしている。

「うそ！　聞いてないわよ」

ソファに座る高齢女性は、剣呑《けんのん》な表情を浮かべる。

「話していなかったかしら」

「どうして教えてくれなかったのよ、ハツ子ちゃん」

立っている中年女性はさっきのおばあさんと同じ名前だ。そういえばよく似ている。

「ごめんなさい。てっきり知っているものだと」

年齢からすると娘さんかな。しかし、同じ名前をつけたりはしないか。

母はどこへ？　お手洗いかしら。なぜキミというおばあさんは私の前に座っているのだろう。

和代は、ぼんやりした頭で考えた。夢かもしれない。なんだか心地よいから、しばらく醒めたくない。

目を閉じ、二人の会話を盗み聞いた。

「大鵬《たいほう》が引退してしまった今、相撲界を支えるのは北の富士ね」

「大鵬が辞めたの？　いつ」

「五月場所で引退表明よ」

「知らなかったわ。きっとうちの嫁がいじわるして、テレビを見せてくれなかったせいね」

「あら」ハツ子は明るい声で言った。「きっとブラウン管の調子が悪かったのよ」

ブラウン管テレビなんて今どき珍しい。確かチューナーをつけないと映らないはず。それで見られなかったとしたら、確かにお嫁さんのいじわるかも。

ドアが開き、一瞬、冷気が店内に飛び込んできた。

「う〜寒いわねえ」

薄目で窺うと、北風と共に入ってきたのはハツ子と同年代くらいの中肉中背の女性だ。頬にぽこりと凹んだえくぼが見えている。

彼女は颯爽と歩いてきてキミの隣に座った。

「キミさん、こんばんは」

おばあさんはぽかんとした表情を見せる。

「どちらさまでしたっけ」

「いやあねえ、紀子ですよ、ノ・リ・コ。薬局の」

「ああ」わかっていた、というようにうなずく。「薬局のノリちゃん。そんなに分厚いコートを着ているからわからなかったわ」

紀子がこちらを見たので、寝たふりを装った。

「お嫁さん、疲れて眠ってしまったのね。キミさん、あんまりいじめちゃダメよお」

私がキミの嫁？　やはり夢だ。そういう設定の。

「あたしがいつ嫁をいじめたっていうのさ」

紀子はくったくなく笑う。

「はいはい。昨日の十一月場所千秋楽は見てた？　やっぱり北の富士は格好いいわよねえ。あたし、大ファンだわ」

「あたしは玉の海」

「ほんと、惜しい人を亡くしたわねえ。お相撲さんってやっぱり、どこか身体に無理があるのじゃないかしら」

「誰を亡くしたって？」

「玉の海よ。ほら、先月。あんなに若かったのに」

「うそ。聞いてないわよ。どうして教えてくれなかったの」

紀子は一瞬だけ口を引き結んだのち、すぐに微笑んだ。

「ごめんなさい、キミさんに言わなかったかしら」

和代は確信した。

キミは認知症だ。夢の中にまでボケた人が出てくるなんて、私も相当疲れているのね。

紀子は彼女の話に合わせて上手く相槌を打っている。ハツ子も時々加わって会話を成立させているので、キミはご機嫌な様子でしゃべり続ける。

こんなふうに調子を合わせれば、認知症の人とも会話ができるのか。私は事実と違うことを言われるとつい訂正してしまい、母が怒り出してケンカになってしまう。

チラリと大時計を見た。八時過ぎ。もう夜？　いや、夢の中だから。

紀子が注文もせずに話し込んでいるところを見ると店は閉店しているのだろう。相撲の話で盛り上がっているが、どうも内容が古い。北の富士は相撲中継の解説でおなじみの人で、確かに格好いいけれど、夢の中ではまだ現役の横綱という設定らしい。

やがて、キミがうたた寝を始めた。

紀子はそれを確認すると、やれやれというふうに首を回した。

「ハッちゃんの言う通り、なんでもかんでも合わせて話せば、キミさんもよくしゃべるわねえ。でも、同じ話を繰り返すのは疲れちゃうわ」

「しかたないわよ。今聞いたことも話したことも全部忘れてしまうんだから。この間、久しぶりに宗助《そうすけ》さんがここに来たんだけど、キミさん、まったく覚えていなかったわよ」

「宗助さんが来るたび、難癖つけて叱り飛ばしていたのにね」

「叱り飛ばすのは相変わらずだったのよ」ハツ子が少し寂し気な声で言う。「宗助さんは今や横浜と東京に三店舗を構える有名洋菓子店の経営者なのに、キミさんにかかったら『気の利かないドンくさい男』にされてしまっていたわ」

「あらお気の毒」

「病気だからしかたないけれど、あんなふうに怒られたら傷つくわね」

「ボケるって」紀子はため息をつく。「年を取ったら多くの人がなる自然現象だと思っていたけど」

和代は心の中でうなずいた。アルツハイマーは病気だと医者から説明されたときも、やはり紀子のように思ってしまっていた。

「優一によると、ボケはれっきとした病気なんですって」

ハツ子はショールを出してきてキミの肩にかけてやる。

「人間って、そんなに簡単にものを忘れたりできないでしょうから」

「でも、あたしは最近、台所に入ったとたんなにをしにきたのか忘れちゃった、なんてことすごくあるけれど」

紀子の言葉に、ハツ子が顔をしかめながらうなずく。

「私もあるある。若い頃はなかったのに」

「キミさんのボケは、そういうのとは違うってことよね」

経年によるもの忘れと認知症は異なると和代も本でさんざん読んだが、今ひとつその区別がつきにくいと思っていた。

ハツ子がふと真面目な顔で言う。

「長く生きていると、忘れてしまったほうがいいってこともあるのかしら」

紀子がこちらをじっと見たような気がして、目をしっかり閉じる。

「お嫁さんも大変ねえ。キミさんがボケたせいでやらかす失敗は、全部お嫁さんのせいにされるんだから」

「辛いでしょうね。身近な人から攻撃されるって」

目の奥が熱くなる。確かに、あの優しかった母から責められるのは本当に辛い。認知症は、母の私への愛情も消し去ってしまったのだ。

「ところで、マックシェイクの〝おおどけい版〟はどうなったの？」

紀子が言うと、ハツ子はキッチンに向かった。

「先月、ノリちゃんに買ってきてもらって研究して、これはと思うものができたわ」

「ハッちゃんも物好きね。『銀座に行くなら』って頼まれたものが、マックシェイクだったんだから」

「この夏にオープンして、あんなに話題になったのにまだ行けずにいるんですもの。優一に頼もうかと思ったけれど、忙しそうで」

「研修医のご子息は多忙なんだから、そんな用事は頼めないわねえ」

和代は記憶を辿る。

マクドナルドが銀座に一号店をオープンさせたのは和代が小学校一年のとき。つまり、昭和四十六年。この夢は、その時代の設定のようだ。

あのころ日本には妙な高揚感《こうようかん》があった。

現代から見れば、サラリーマンは長時間労働や年功序列を強いられたし、女性の社会進出はまだまだだったし、ネットも携帯も液晶テレビも電子系ICカードも無く、決して快適だったとは言えない。だが、和代が小学生だったからだけでなく、社会全体が、明日が今日よりよくなると単純に信じているような空気があった。そんな時期にマックが銀座にオープンしたことは、未来へのさらなる躍進の象徴だったのかもしれない。

紀子も立ち上がりカウンターのほうに移った。和代は薄目を開けたまま見守る。

「こんなに寒い季節でも、若い人はハンバーガーやマックシェイクやポテトを片手に銀座の歩行者天国を歩き回るのよ」

「かっこいいわ。やってみたいなあ」

「ハッちゃんは昔から向こう見ずなのよね」

「好奇心旺盛と言ってちょうだい」

「栄一さん、よくあたしに愚痴《ぐち》をこぼしたわねえ」紀子がしみじみと言う。「ハツ子があんまり無謀だから、心配で眠れないときがあるって」

「あらホント。いつごろの話？」

「あなたたちが結婚する直前だから、終戦の前年の冬ね」

終戦とは、太平洋戦争のことだろう。この人たちは戦争も経験しているのだ。

「栄一さんは人の心の機微を察知するのが上手だから、ハッちゃんの言動が過激に思えたみたいよ。あたしなんて、二人がうまくいくかヒヤヒヤしてたんだから、よく結婚できたと思うわよ」

「それはどうも」ハツ子の声は弾んでいる。「押しかけ女房みたいなものだけど。片や猪突猛進、こなた心配性で、破《わ》れ鍋に綴蓋《とじぶた》ってとこかしら」

「栄一さんは、ハッちゃんの喫茶店への熱い想いは完全に共有できるって言っていたわ」

「『美味しいものを食べながら、ほっとするひとときを過ごせる場所』を作る……っていうのが、私の夢だったから」

ほっとするひとときを過ごせる……確かに、そんな雰囲気の店のような気がする、と和代は納得した。

ミキサーのガーッという音がした。やがて、ほんのり甘い香りが漂ってくる。

「これが、マックシェイク〝おおどけい版〟ね」

ソファに戻ってきた紀子は、トロリとした白いドリンクの入った背の高いグラスを持っていた。ストローを挿し込む。

「シェイクは、吸い込むのにけっこう力がいるのよね」

「これはそれほどでもないと思うわ」

ハツ子も和代の隣の席に座り、二人は頬を凹ませてシェイクを吸う。

「あら、いい感じ」紀子が明るく言う。「マックのに似てる。いや、もう少し違う香りがするかも」

「メープルシロップを入れてみたの。原価が高いので、お店で出すときはどうしようかと悩むけれど、これが一番美味しいと思ったのよ」

ズズズ、と吸い込む二人を薄目で眺めながら、和代は母にねだったことを思い出していた。

——お友達はみんな行っているのよ、それに「これからは国際社会だ」ってお母さんも言っていたじゃない。銀座の歩行者天国で、歩きながらハンバーガーとマックシェイクをいただいたらアメリカ的でカッコいいと思う。私も新しいドリンクを飲んでみたいのしかし母はあっさりと言ったものだ。

——銀座ならば資生堂パーラーがあるじゃないの
結局、母は銀座のマックに連れていってはくれなかった。友達から歩行者天国で飲み歩きした話を聞くたび、母を恨んだ。

紀子は飲み干して満足げにため息をついたのち、キミと和代を見比べた。

「キミさん、いつもこの通りをさんざん歩いて、結局は《おおどけい》に来るのね。最初からここに来れば付き添う人も苦労ないのに」

ハツ子は顎を引いた。

「キミさんがこの通りを歩くのには、目的があるのよ」

「どんな？」

「商店街にかっぱらいが出るから、それを見張るためだって」

「まさか、ブンちゃんのことじゃないわよね」

紀子は笑った。

「それが、そうみたい」

「身寄りのなかった文治《ぶんじ》くんがキミさんの店の油揚げを盗もうとしたのって、戦後三、四年経ったころよね。そんな昔のことを？」

「インパクトの強い出来事は、昔のことでも覚えているんですって。あのとき私が『うちで時々面倒を見ている子です』って嘘ついて引き取っちゃったから、キミさん、それ以上責められなくなったでしょ。いまだにそのことが納得できないみたい」

「じゃあ、この通りを歩き続けるのはハッちゃんの嘘のせいってことね！」

「私って罪深い女ねえ」

ハツ子が首を横に振ると、紀子はくったくなく笑ったのち言った。

「キミさんを見ていて思うけれど、記憶は無くしても、そのときに感じた気持ちは忘れずにいるのかもしれないわね」

――記憶は無くしても、気持ちは忘れずにいる……

「ハッちゃんがお転婆でさんざん迷惑かけられたことは一生覚えているかもよ」

「あ〜、そのへんは忘れてほしい」

「いろいろ怒られたわねえ、あたしたち」紀子は肩をすくめた。「もしキミさんがボケてなくて、ハツ子ちゃんが銀座でミルクセーキ……じゃなくてマックシェイクを立ち飲みしたがっていると知ったら、『なんて行儀が悪い』と頭から火を噴いたかも」

和代は、ふいに閃いた。

東中野ギンザ通り商店街と、本物の銀座。

ミルクセーキと、マックシェイク。

母がオーダーしたのは『セーク』。

それは、つまり……

キミがぱっと目を開け、キョロキョロしたのち不満げに言った。

「うちの嫁はなんで寝ているのかしら」

紀子が肩をすくめる。

「あったかくて気持ちいいからじゃない？」

和代は思わず目を開ける。キミがふんと鼻を鳴らした。

「ようやく起きた。まったくだらしない」

「お二人とも目覚めたことだし、ちょっと音楽でも聴きましょうか」ハツ子が蓄音機を開いた。「なにがいいかしら」

思わず和代は声をあげた。

「あの……『若き日の夢』を」

「あら、いいわね」

キミが言うと、紀子も答える。

「二葉《ふたば》あき子と中野忠晴の声がいいわよねえ。そういえば原曲は、アメリカ人が作曲したものだったはず」

「だから、戦時中はこういうレコードを隠さなきゃいけなかったのよね」

ハツ子の言葉に、和代ははっとした。自分が知っている昭和は平和そのものだったが、その前には大きな戦争があった。

どの時代にも、いいことと悪いことはある。

ハツ子はリズミカルに身体を動かしてレバーを回すと、レコードに針を置いた。

甘やかな男女の声が〝若い頃に二人で語り合った夢を、今は一人で思い起こす〟という歌詞を唄いあげる。

「そういやハツ子ちゃん」キミがぱっと顔を輝かせた。「旦那さんはお元気？　今日はどちらへ」

ハツ子は微笑むと、中庭の方向を指さした。

「ええ、ちょっと北のほうにね」

「あなたの旦那さん、この歌好きよねえ。もう一回、かけてちょうだい」

曲が再び流れた。

若い頃の夢か。

小さなおねだりは時々母によって阻止されたが、後にそれは母の愛情の表れだったと知った。優しくてしっかり者の母は和代の理想だった。

母のようなお母さんになれたら。若い頃はそんなことを夢見ていたのに。

目に涙がにじんだとき、大時計がまた鐘を鳴らし始めた。

うっとりと響くような、どこか懐かしいような低音は、何度も何度も繰り返された……

「ちょっと、和代。起きてちょうだい。セークがきたわよ」

はっと目を開けると、眼前に母がいた。テーブルにはストローの挿さった紙コップが二つ。中身はクリーム色のトロリとした液体だ。

思わずきょろきょろしてしまう。ここは……いつの時代？

「こちらの店員さんがわざわざ作ってくれたのよ。あなたが欲しがっていたセーク」

母は自分の分のカップを持ち上げると、少し吸いづらそうにズズ、とドリンクを飲んだ。

和代は震える手で紙コップをそっと引き寄せる。

「これは、セーク……いえ、マックシェイクなのね」

「だから、セークだって何度も言っているでしょ。ねえ店員さん」

聞かれたハヤテは顎を引く。

「まさに」

「娘はこのセークを、道を歩きながら飲みたいって言ったのよ。それはお下品でしょ。だからもちろん反対したの。だけど、本当に娘が口にしても支障のないものかどうか、こっそり飲みに行ったのよ」

「え？」

思わず和代が声をあげると、幸子は大きくうなずいた。

ましたの」

「小一の大事な娘のたっての願いですからね。飲ませてもよいものか、一人で銀座に行き

知らなかった。

「結局、娘には内緒にしました。なぜって」幸子は再びズズッとセークを飲む。「これ、美味しすぎるでしょ。娘がこればかり飲むようになったら困るから」

「幸子さんは、娘さん想いですね」

ハツ子の言葉に、和代は胸が痛くなった。

幸子は内緒話をするように小声で続ける。

「でも、実はたまにこっそり飲みに行っていたの。だって、美味しいんですもの」

「それを娘さんには？」

「言えないわよ」

母が朗らかに笑った。

銀座の歩行者天国でマックシェイクを飲み歩きする若き母を想像して、なんだか笑えてきた。目の前の私が娘だとわからないくせに、そんな細かいことは今でも覚えているなんて。

母が、珍しく機敏な動作で立ち上がった。

「お手洗いをお借りしたいわ」

「こちらですよ。ご案内します」

ハツ子が誘導していった隙に、和代はハヤテに話しかけた。

「あの、私、さきほどおかしな夢を見たのですけれど」

彼は表情を変えずに小さくうなずいた。

「そういうこと、たまに起こるんです」

淡々とした口調に、なんだか納得してしまう。

「母がこの通りを徘徊した理由がわかった気がします」

小一の和代にマックシェイクを飲ませてはいけない、という思いと、美味しくてこっそり通ってしまった記憶が幸子の中にはしっかり残っていて、それで《ギンザ通り》を行ったり来たりしていたのだ。

和代の胸はいっぱいになっていた。

——記憶は無くしても、気持ちは忘れずにいる
紀子が言った言葉を、和代はしみじみと思い出した。

あの優しかった母は、まだここにちゃんといる。気づくことができてよかった。

「このお店は、不思議ですね」

ハヤテは優しげな目でうなずいた。

「人は本当に困ったとき、意外と他人に助けを求めることができない。それを察知してく

れるような誰かがたまたま近くにいたら、人はもっと楽になれるような気がします。祖母は、そんな〝たまたま近くにいる人〟になりたいようです」

商店街を何度も往復していただけの中高年二人に声をかけようと思いついたハッ子は、まさにそんな人だ。

和代は確かに途方に暮れていた。だが、ハッ子みたいな人がいるくらいだから、視野を広げて探せば手を差し伸べてくれる人が見つかるかもしれない。

和代はふうっと大きく息を吐く。

「母のセークへの想いが、この店に出会わせてくれたような気がします」

ハヤテは黙って小さく頭を下げた。

目の前に置かれたセークを手に取り、ストローでそっと吸い込む。

甘くて冷たいミルクセーキ。バニラ味。

長じてから自分でマックに行ってたびたび飲んだから、よく知っているはずの味だ。しかしこれは、ほんのりメープルシロップの香りがして、柔らかくて爽やかで、心に染み入ってくるような美味しさをもっていた。

トイレから出てきた幸子は、カウンターに置かれたハガキ大のイラストを指した。

「これ、あなたね。こちらはご主人？　お元気そう」

ハッ子は微笑みながら庭を指す。

「ちょっと北のほうに行ってるんですけれどね」

幸子は満足げにうなずき、コートを羽織った。

「さあ、帰りますよ。お支払いはまだよね」ポケットをまさぐり、剣呑な顔つきになる。

「お財布をなくしたかしら。まさか和代、私の財布を」

「お代はいただきましたよ。またいらしてね」

ハツ子がにこやかに幸子を出口へ誘導する。

和代は代金をこっそりハヤテに渡した。

「いろいろとありがとうございました」

深々と頭を下げると、青年は柔らかく微笑んだ。

「お気が向いたら、ぜひまたどうぞ」

また来よう。母とセークを飲みに。

「和代。なにをグズグズしているの。帰りますよ」

母はドア前で背筋をしゃんと伸ばして娘を待っていた。

「はい、お母さん。もう帰りましょう」

夜半

ハヤテはその晩眠りにつこうとして、急に恐怖を覚えた。

ハツ子は永遠に元気でいるわけではない、と今更ながら気づいてしまったからだ。

八十八歳。腰が痛いだの手先が不器用になっただの愚痴を言うわりに元気はつらつで、頭もしゃっきりしている。

だが、歳月は着実に人間を老いへといざなう。

もしハツ子が重い病にかかったり、身体が動かせなくなったりしたら。

認知機能が衰えて、ハヤテのことを忘れてしまったら。

あるいは、ある朝起きてこなかったら……

いてもたってもいられなくなり、自室を出て、そっと一階へ下りた。晩秋の寒々しい廊下に人の気配はない。祖母の寝ている母屋へ行こうとして、店に通じる薄いドアの隙間から灯りが漏れているのに気づき、店内を覗く。

ハツ子が大時計の前に立っていた。大きな文字盤を見上げ、まるで会話をしているかのように微笑んでいる。

思わず大声を出した。

「おばあちゃん」

ハツ子はびっくり顔でこちらを向く。

「どうしたの？」

大時計がハツ子をどこかへ連れ去ってしまうのでは、という埒《らち》もない妄想が頭をよぎったことが恥ずかしく、うつむき加減で近づいた。

「こんな時間に起きているから」

「寝付けなくて、ホットミルクでも飲もうかと思ったのよ」

肩に羽織ったカーディガンを両手でかき合わせながら、また時計を見た。

「きれいな時計ね。何十年経っても見飽きることがないわ」

ハヤテは頭ふたつ分ほど小さな祖母の隣にそっと立ち、大時計を見つめた。

「どうして」ハツ子がしみじみと言った。「私は連れていってもらえないのかしら」

ぎくりとする。

「どこへ？」

孫息子を見上げて不満げに頰を膨らませた。

「なぜいつもハヤテだけ過去を見ることができるの？　私も戻りたいわよ」

ハヤテはほっとして答える。

「大時計がそう決めているんでしょ。しかたないよ」

「それに、現代の人が過去に行けるなら、過去から誰かこっちに来てくれてもよさそうなのに、それもないでしょ」

確かに、過去へ行った現代の人が戻ってこられるなら過去の人がこちらにやってきてもよさそうだが、そういうことは一度もない。

「そういうふうに決まっているんじゃないのかな。こんな不思議なことにも一定の法則があるんだよ、きっと」

「もう少し融通を利かせてほしいから、ちょっと文句言っておこうと思って」

「文句より、お願いしたほうがいいんじゃない？」

「なるほど」ハツ子は神社にでも参るように時計に手を合わせたのち、ケラケラと笑った。

「なんか、変ね」

祖母と孫は微笑みあう。

「今日のあの和代さんって方は、キミさんに会ったんでしょ。私も会いたかったなあ」

「キミさんは面倒な人だったのに？」

ハツ子は下唇を突き出す。

「だからなおさらよ。いろいろ文句も言いたかったのに、最後はそれも通じない人になっちゃって。私のことさえ忘れちゃったんだから」

ハヤテは少したメらったが、思い切って口に出す。

「長く生きていると、忘れてしまったほうがいいってこともあるんじゃないかな」

ハツ子はしばしの沈黙ののち、はっきりと言った。

「私は、ぜったいに忘れない」

そうだよね。

「さて、寝ましょうかね」

ハツ子は腰をとんとん拳で叩きながら店を出ていく。

その後ろ姿はしゃんとしていてゆるぎない、とハヤテは思い込もうとした。ハツ子さんはハツ子さん。きっといつまでも。

ハヤテは振り返って時計を見つめる。

──『美味しいものを食べながら、ほっとするひとときを過ごせる場所』を作る
ハツ子はそう言い続けてこの店を守ってきた。

彼女の辿ってきた人生のそこかしこに悩める者へのヒントがあるから、時計は時を遡ってみちびくのに違いない。

それを見ることができるハヤテは幸運だ、と思っている。

ハツ子が昭和へタイムスリップしたときのシーンを〝見たい〟のは、ただ懐かしい過去

を見たいだけでなく、過去のおじいちゃんに会いたいからなのだろう。
そしてまた、こんなふうにも想像していた。
彼女に過去が見えないのは、ぜったいに忘れさせないためなんじゃないかな。
はるか北のほう、シベリアに行ったきりまだ戻らない、彼女の旦那さんのことを。

幸運の
お茶とお菓子

太雅《たいが》は中野駅前で、凍《い》てつく夜空を見上げながら深いため息をついた。

「俺って二十年間、なんのために生きてきたんだろ」

妹尾《せのお》太雅は、イマイチ運に恵まれないといつも思ってきた。

そもそも、生まれたときに運をつかみ損ねたのだ。母のお腹に優秀な頭脳と器用な手先と目鼻立ちの整った顔と才気煥発な性格を置いてきてしまい、その忘れ物をすべて握りしめて生まれてきたのが一歳下の弟だ。彼はどんなことにも全力で、明るく、幸運にも恵まれ、周囲からいつも応援されて夢いっぱいの人生を歩んでいるように見える。

小さいころは太雅にも「野球選手になりたい」「宇宙に行ってみたい」などの少年らしい夢があり、それなりの努力を試みたこともある。が、父と約束した毎朝のキャッチボールは三日で挫折したし、宇宙について学んでみようと図書館で借りた本は読まず仕舞《じま》いだった。

子供なんてそんなものだけれど、弟は四歳のときサッカー選手になりたいと言い出し、毎日小さなサッカーボールを使ってドリブルの練習を続けたので、幼稚園年長になったときには地元の小学生サッカーチームから勧誘が来たほどに上達していた。

自分にはそこまでのガッツがないし、そもそも強く願っているわけでもない。どうせ頑張ってもできないだろうと思ってしまう。

「どうせ〜できない」が太雅の中で明確になったのは六歳のときだ。

九月のある朝、リビングにいったら両親がテレビに釘付けになっていた。前夜、アメリカでとんでもない事件が起きたという。旅客機が高層ビルに突っ込んでいく衝撃的な映像は、まるでサスペンス映画のワンシーンのようだった。

母がお茶をすすりながら「怖いわねえ。あの飛行機にもビルにも、たくさん人がいたわけでしょ」と深刻そうにつぶやいたので、太雅少年は恐怖に怯えた。もし自分があの飛行機に乗っていたり、あのビルにいたりしたら……

「あんな大きなビルで働くもんじゃないな」

父が大げさに肩をすくめると、母が言い返した。

「どうせあなたは、あんな立派なビルに入ってる会社には雇ってもらえないでしょ」

「なるほど、どうせそんな会社には入れない」父は笑った。「だから事件に遭遇することもない。結果オーライだ」

「どうせ〜できない」も、悪いことばかりじゃないんだ、と妙に納得した。

素直な性格ではあった。親が言えば「そういうものか」と単純に信じる。友達が「こっちのほうがいいよ」と勧めればじゃあそっち、と選ぶ。小学校では人並みにゲームやアニメに夢中になり、周りの子がアニメ映画を作る人になりたいと言い出すと、自分もそれがいいとすぐに感化された。が、特に絵が上手いわけでもないし物語を作る能力もないので、無理だと悟るのも早かった。流されやすく自分がないことは自覚していた。一方、弟は小学校高学年で「将来はゲームクリエーターか建築士になりたい」と宣言し、両親も大いに期待を寄せている様子だった。

中学三年が終わろうとしていた三月のある晴天の日、日本中を震撼させる大地震が起きた。太雅は学校から帰る途中の道ばたで遭遇した。

周囲のビルがガタガタと音を立てて揺れているように感じられ、世界の終わりが来たのかとパニックになった。揺れがおさまったあと走って家に帰り、先に帰っていた弟とテレビにかじりついて東北地方の恐ろしい映像を、固唾を呑んで見た。

人間って脆《もろ》い。どうせどんなに頑張っても、自然の猛威には敵わないんだ。

青ざめながらそう思った太雅の隣で、弟は真剣な表情でつぶやいた。

「僕、将来、こんなふうに津波で壊れたりしない頑丈な建物を作る人になる」

愕然とした。同じニュースを見てこんなにも考えることが違うなんて。

そして、その震災は太雅の諦念を持つ癖をさらに決定的にした。

クラスでは、当時流行っていたK－POPのダンスを皆が踊っていた。太雅も、上手くはなかったが楽しんだ。担任も巻き込んで、卒業式の日にはクラス全員で一曲通して踊ろうという企画が持ち上がり、珍しく太雅も熱心に練習した。動画を何度も見て家で振り付けを確認し、友達と休日に公園に集まって動きを合わせた。

しかし、その企画は3・11で吹っ飛んだ。自粛のため、イベントは中止。しかたないのはわかっているが、せっかくの頑張りが無に帰し、ショックだった。どうせなにかを望んでも、自分には運も実力もないから叶えられないんだ……

太雅は偏差値のあまり高くない近所の都立高校に入学した。親は受験の際「ダメ元で私立も受けたら?」と言ってくれたが、優秀な弟が有名私立高校を狙っており学費がかかるのは目に見えていたから、交通費もいらない太雅の選択に安堵したのは明らかだ。

太雅は、これでいいんだと自分に言い聞かせた。どうせどこで勉強しても、なにか身につくとは思えないのだから。

弟が狙い通りの高校に合格し、志望大学目指して一心に勉強するのを横目で見つつ、太雅は高校生活をそこそこエンジョイした。クラスメートの影響を受けて昔の映画を鑑賞する緩いサークルに入り、ミニシアターに行ったりネットで観賞して意見交換をするなどした。かといって、映画の制作者になりたいとか俳優を目指すなど熱い想いを持つわけでもなく、未来は見えてこなかった。

大学は、親が親戚に名前を言いづらいような三流どころに入学した。太雅もキャンパスライフに夢を抱いてはいなかった。将来の仕事にも夢はない。趣味の映画館巡りが楽しくできる程度の収入を得られる会社に就職すればいい。結婚だってできるかどうかわからないし。

太雅は細身で、弟ほどではないが甘めのマスクなので、いつも彼女がいた。だが長続きしない。たいてい相手から別れを切り出される。例えばこんなふうに。

――太雅くん、はっきりしないから

確かにその通りなのだ。付き合い始めたころは楽しいが、そのうち本当にその子を好きなのかわからなくなり、態度に出てしまうらしい。

だが、三ヶ月ほど前の十月に中学の同窓会で再会した元クラスメートの門倉小夜《かどくらさよ》は、それまでと違った。十四歳のときの太雅は、チビで勉強もスポーツも苦手でアピールポイントが皆無だったので、クラスで一、二を争う人気者の彼女のことは「どうせ俺なんか相手にしてもらえない」とあきらめていたが、今回は小夜から積極的にアプローチしてきてくれたのだ。

――太雅くん、中学のときはよく知らなかったけど、穏やかでいい人だね

そんなふうに言われ、二人は付き合い出した。

小夜はスイーツが大好きで、製菓の専門学校に通っており将来はパティシエになりたいと頑張っている。そんな彼女の一生懸命さが愛おしかった。一緒にいると幸せな気持ちに

なる。ずっと彼女の話を聞いていたい。ハロウィンもクリスマスも一緒に過ごし、太雅は、今度こそ本物の恋だと確信していた。

年末年始は小夜が地方の祖父母の家に行ったので、二人は正月明けの六日にファストフード店で待ち合わせて会った。ゆっくりしたかったが、太雅のバイト先で欠員が出たので急遽シフトに入らねばならず、デートは顔を合わせる程度の簡単なものになってしまった。子連れ客が多く、ＢＧＭもよく聞こえないようなざわつく店内で、二人はぽつりぽつりと話をした。

ふと会話が途切れる。こういうとき、たいてい彼女から話題を振ってくれるので太雅はぼんやり待っていた。

が、その時は違った。小夜は下を向いたきり黙りこくっている。太雅も、なんとなくそれに合わせて口を開かずにいた。

やがて彼女が言った。

――太雅くん、私のこと本当はどう思ってるの？

急に切り出され、慌てた。

――もちろん、好きだよ

――……それだけ？

――えっ、うん

――なんかさ、太雅くん、いっつも自分の意見言わないから どう答えていいかわからなかった。

小夜はいつも太陽みたいに輝いている。自分の意見をしっかり持っていて、それを周囲に丁寧に伝えることができる。彼女の意見はたいてい正しいし、周りの人は彼女に協力してあげようという気になってしまう。

そんな彼女に、主張を持たない自分が言うことは特にない。だからいつも「小夜ちゃんのいいほうで」と答えてしまう。それでうまくいくと思っていた。

なのに、小夜はなにが不満なんだろう。

彼女は斜め横を向いたまま黙りこくっている。

ああ、またフラれるのか。やっぱり俺じゃダメなんだ。彼女が中学時代に付き合っていた奴は、運動も勉強もできて皆をぱっと惹きつけるようなタイプだったしな。

息が詰まるような沈黙の中、彼女は立ち上がり、コンビニの小さなレジ袋をテーブルに置いた。

彼女のバッグにはいつもなにかしらのお菓子が入っていて、デートのたびにそれを取り出しては一緒に食べるのが習慣になっていた。

ちらりと袋の中を覗くと、ドーナツのようだ。最近小夜が気に入っているコンビニドーナツに違いない。小夜はストロベリーが好きで、太雅はチョコ派だ。

これを「二人で食べよう」と言えば、気まずい雰囲気を打開できるだろうか。

しかし、小夜は立ち尽くしたままだ。太雅もアクションを起こせずにいると、彼女は去っていった。

ずっしり落ち込んだ気分だったが、行かねばならない。太雅は袋をコートのポケットに突っ込むと、ノロノロと店を出た。ああ、これから行くバイト先にもユウウツなことが待っているというのに。

中野駅のそばにある居酒屋の店長は、愚痴を店員たちにやたらとこぼす。他のバイト仲間は店長を避けて要領よく立ち回るのに、太雅はほぼ必ずつかまってしまうのだ。

厨房で出来上がった料理がカウンターに並べられ、アルバイト店員がそれを受け取って席に持っていくのだが、店長はその脇に立ってブツブツつぶやいている。太雅が三番テーブルの唐揚げを受け取ろうとした瞬間、店長に腕を摑まれた。

——聞いてよ、妹尾くん

こうなると、延々と彼の愚痴を聞かねばならない。六十代の店長は、三十代で自分の和食店を持ったがバブル崩壊がきっかけで経営が傾き、四十代初めに店を畳み、その後はあちこちの雇われ店長をやってきたそうだ。

——どうせ俺はなんの権限もないよ。だけどさ、味噌汁に入れる油揚げの量までチェックされるってどういうことよはあわかりませんと返事をするが店長は聞いていない。

——自分の店のときはよかったなあ。なんでもサービス品として出してあげられて、お客さんはチップをはずんでくれて、ちゃんとリピートしてくれて、好循環だった。バブルって、取りあえずみんなが儲かって幸せだったのに、なんで崩壊しちまったのかな

脇をすり抜ける新人のバイト店員は、なにをくっちゃべっているんだ忙しいのに、という視線をあからさまによこしてくる。

三十分ほど愚痴を聞き、ようやく解放されたあとは中高年の団体客の対応に追われた。タッチパネルが使えないのでいちいち呼び出される。

——お兄さん、なんでこんな面倒な注文方法があるんだ。人がやればいいじゃないか

その通りですと適当に答えると、六十絡《がら》みの女性はくだを巻いた。

——今って面倒な時代ねえ。昭和はよかったわ。あたたかい接客がいっぱいあって

俺に言われてもなあ。

十一時すぎにバイトが終わり、携帯を確認すると母からメールがきていた。弟は家庭教師のバイトで遅くなり、母も友達と出かけているから夕飯は自分でなんとかするように、という内容だった。今日は太雅がバイトで賄いを食べてくる日だと失念していた母に、太雅は「了解」とだけ返信をした。

昨年の春に見事W大に合格した弟は太雅の三倍近い時給を稼いでいる。家庭教師先のお

宅はセレブだそうで、いつも豪華なお茶と菓子が出るという。羨ましい限りだ。

店を出ると寒さがしんしんと迫ってきたので、高校時代から着ているダッフルコートの前を掻き合わせた。そろそろ新しいものをゲットしたいが、先立つものがない。

頭脳も彼女もお金も、未来の希望もなんにもない。親からの期待さえない。

　中野駅前で、思わずため息をつく。

「俺って二十年間、なんのために生きてきたんだろ」

　歩き出そうとしたとき、後ろから声をかけられた。

「妹尾じゃないか」

　振り向くと、太雅が欲しいと思っていたキャメル色のポロコートを着た同年代の男が、にやにや顔で立っていた。記憶を辿り、思い出す。

「……野村《のむら》？　中学のときの」

　野村広志《ひろし》はにんまりと笑う。

「やっぱり妹尾太雅だ。久しぶり。どうしてんの？」

「うん、まあ、大学生してる」

　大学名を言いたくなくてそんなふうに答えた。

「学生か、いいな」彼は別に羨ましそうでもない口調で言った。「俺なんか勉強苦手だったからさ、専門学校入ったけど中退して、今は働いているんだ」

「そうなんだ。偉いね」

太雅は改めて野村を見つめた。中学時代は地味でオドオドしていて、不良グループの使い走りみたいなことをやっていた。しかし目の前の彼は、上質な生地のコートや高そうな時計や靴を身に着け、その顔からは自信に満ちたオーラが放たれていた。

「どんな仕事、してるの？」

「まあ、コンサルタントとか、いろいろさ」

彼も太雅をじろじろとねめまわしてくる。居心地が悪くなりさっさと別れようとすると、野村が粘り気のある声で言った。

「いいバイトあるけど、しない？　うまくすりゃ十万とかすぐ稼げるよ」

「えっ……どんな？」

「コンサルタントしているお年寄りからあるものを受け取ってきてほしいんだ。なに、行けばわかるようになっている。その家の近くで待機してもらって、こっちが携帯に連絡入れたらすぐに訪ねて『若林です』って言えば封筒を渡してくれるはずだ。簡単だろ」

それだけのことで五万円もらえるという。さすがに疑念が湧くが、野村は続けた。

「俺が今やっている仕事は、言わば情報戦なんだよ。普通の人がなかなか得られない情報のやり取りをしている。それが金を産むんだよ。世の中、そういうふうに回っているのさ」

翌日、太雅はバイトを敢行《かんこう》すべく、朝から東中野にいた。

指示されたとおり、大学の入学式で着たスーツを身にまとい、野村からの電話を待ちながら駅前をウロウロするが、連絡はなかなかこない。訪問先の住所は聞いていたので、少しでもそちらに近いところにいようと駅前を離れた。

車一台がやっと走れるような、昔ながらの商店街といった趣の通りをノロノロと歩く。朝だが人通りはそこそこ多い。真冬の空はもの哀しいほど高く澄んでいて、時おり吹く風が鋭く、古いコートの身には寒さが堪《こた》えた。

妙な緊張を抱えながら歩き回っていると、ずんぐりした青年とぶつかりそうになる。同じ年くらいの彼はピアノの模様がついた黒い鞄を持ち、自信に満ちた空気を遠慮なくまき散らしながら歩み去った。前途有望なピアニストってとこか。それに引き換え、俺は……

ふいに疲労感が襲ってくる。建物と建物の間に置かれていた古びたベンチに座って待ちつつ、ほんの少し、今ここにいる自分に不穏なものを感じていた。

中学時代の野村は悪い奴じゃなかった。だから彼から紹介されたバイトも問題ないはずだ。

彼は言ったのだ。

――俺は今の仕事を始めて、世の中ってのは汗水流して働いた者が損をするような仕組みが出来上がっているって初めて気づいたよ。妹尾って昔からいい奴だったよな。だけどいい人間は損をするんだ。おまえもそろそろ、こっち側に来ないか

平凡な人生から抜け出せそうな気がした。しかし同時に、モヤモヤした不安もずっと心に渦巻いていた。

誰かに聞いてみたほうがいいんだろうか……

いや。

俺にこれまで運がなかったのは、自分で決断しなかったからに違いない。一度だけのバイトだし、五万入ったらコートを買ってもお釣りがくる。今の居酒屋を辞めて新しいバイトを探す余裕もできる。だから今日はこの仕事をやる、と自分で決めたのだ。

ポケットからまた携帯を取り出した。連絡はない。

ひょっとしてからかわれたのか。それとも野村の会社にトラブルでも？　だが、こちらからは絶対にかけてはいけないと言われていたので、じっと待った。

身体がひどく冷えこんでくる。手先もかじかむ。

ふと横を向くと、喫茶店のスタンド看板があった。奥に店があり、ドアが少し開いているようだ。今お店に入るのは中途半端だろうか。でも、かなり寒いし。

迷いながらも路地の奥へ進んだ。朝の九時過ぎだが、営業しているのかな。

ステンドグラスの合間から中を覗こうとしたとき、〝ボウワァ〜ン〟という鈍い響き

が聞こえてきた。

太雅は薄暗い喫茶店にいた。古くさい雰囲気で、奥の窓から射してくる冬の弱い陽光しか明かりがない。しかし室内はあたたかかった。入ってすぐに、人目を惹く大時計が構えている。さっきの音はこれだろうか。

急な寒暖差のせいかぼうっとした頭を左右に振り、室内に目を凝らす。

正面のカウンター席に背を向けて座っていた男性が、ぱっと振り向いた。

「いらっしゃい」

輝くような笑みを見せた二十代半ばほどの青年は、弾むように立ち上がった。

太雅は遠慮がちに聞く。

「営業、してますか？」

「どうぞどうぞ。こちらがあたたかいですよ」

カウンター脇のソファ席に座らせてもらう。確かにあたたかくて、ほっとする。

「えっと、コーヒー、いいすか」

「かしこまりました」

店員は柔らかく微笑む。よく見れば俳優にでもなれそうなイケメンだ。白いシャツの袖をまくり、厨房に入りながら声をかけてくる。

「今朝は一段と冷えますね」

太雅は少し戸惑いつつも、答えた。

「めちゃ寒いっす」

「そのせいか、店の者が一人風邪を引いてしまいましてね」

穏やかな困り顔に、親しみを抱く。

「大変すね。俺も居酒屋バイトで人が足りなくてワンオペしたことありますけど、しんどかったです。じゃあ、今日は店員さんが、一人で」

彼がくしゃりと笑うと、目尻に品のいい笑い皺《じわ》ができた。

「まあ、なんとかなるでしょう。客はそんなに来ないので」

こういう個人店はいまどき流行らないのかな。太雅はコートを脱ぎ、ソファの上に置いた。

しゅんしゅん、と湯の沸く音が響いてきた。それに呼応するように朝の光が窓一面からキラキラと入ってきて、店内に舞う塵《ちり》をうっすらと照らす。

太雅の座るソファ席からは、店員が口の細いコーヒーケトルを持ち上げゆっくりと円を描いていく様子が見える。レトロな映画のワンシーンのように美しい仕草だ。

芳醇な香りが珈琲色の店内に漂ってきた。

小さな喫茶店とはいえ、たった一人の客として店員が丁寧にコーヒーを淹れてくれるのをのんびり待つとは、なかなか贅沢な時間だ。

考えてみればこれまでの人生でこんなふうに「いいなあ」とつくづく感じる瞬間ってどれくらいあっただろうか。たいてい、可もなく不可もなく……いや、今はそうとう落ち込んでいる。なにしろ、今度こそ本物の恋だと思っていた相手にフラれたんだから。

小さくため息をついた。

店員がこちらを見たので、慌てて咳《せき》をしてごまかす。脇に置いたコートのポケットを探って携帯画面を覗くが、連絡は来ていない。着信の際の点滅に気づくように、ポケットから半分くらい出しておく。

「お待たせいたしました」

テーブルに湯気のたつコーヒーが置かれた。何の変哲もない白いカップだが、店員の動作が流れるように滑らかだったせいか、特別なドリンクを供されたような心持ちになった。

カップを顔に近づけて、息を吸い込む。フルーティな香りが鼻腔をくすぐり、身体がほぐれるのを感じた。一口飲んでみる。酸味や苦みはあまりなく、仄かに甘くて、のど越しが柔らかい。小夜と一緒にあちこちのカフェに行ったが、こんなにまろやかなコーヒーは初めてだ。純粋に、美味しい、と感動した。寒さをしのぐために入った喫茶店だが、得をした気分になる。

時計の振り子が静かに時を刻む音が聞こえた。もし客がしゃべっていたりBGMが流れていたら気づかぬほどの、微かな響きだ。

誰も気にしない存在。まるで自分みたいだ、と太雅は大時計を見つめた。もっともあちらは俺と違って立派な外見だし、ちゃんと時刻を知らせて役に立っているけどな。

店員が近づいてきて、ぱっと手を差し出した。

「よかったら、これ」

透明の袋に入った小さなドーナツのような菓子がふたつ、手の上にあった。表面に白い細い線がお好み焼のマヨネーズみたいにかかっている。アイシングってやつかな。小夜から聞いたことがある。

彼はそれを袋から出すと、小皿に載せてテーブルに置いた。

「サービスです。お茶うけに」

見たことのない感じの菓子だ。さらに得した気分になる。

「いただきます」

そっと手に取り、口に運ぶ。表面はサクサク、中はしっとりというより、ねっとりした感じだ。味はスイートポテトに似ていた。あっという間にひとつたいらげる。

店員と目が合ったのでぎこちなく微笑んだ。

「いいっすね、このお菓子」

彼は快活に笑う。

「女の子に人気がある市販のお菓子を真似して、店主が独自に作ったんです。彼女、これを〝幸運のお茶うけ菓子〟として皆さんに配っていました」

「食べると幸運がやってくるんですか？」

「さあ」小さく肩をすくめる。「店主が幸せな気分だったから、そう言っただけだと思います」

けっこう適当な店主なんだな。

壁に『羽野島ハツ子』とある。彼の奥さんが店主だろうか。これだけのイケメンだし、すぐに結婚できたのだろう。

「あの、店員さんは、お名前は」

「羽野島といいます」

ハツ子さんが奥さんかどうか聞いちゃおうかな。いや、そこまでは失礼か。もしかしてお母さんとか親戚かもしれないし。

「今日はワンオペなんですよね。俺に構わず仕込みとかしてください」

「ありがとう。では、一息入れさせてもらいます」

店員はマグカップにコーヒーを淹れると、ソファの脇のカウンター席に座った。窓からの陽射しが、スポットライトのように彼の整った横顔を際立たせる。俺が映画監督なら間違いなく羽野島さんを主役に抜擢するぞ。

彼がこちらを向いた。

「お客さんのお名前を伺っても？」

とっさに答える。

「トラオです」

「タイガーさんか。勇ましくていいですね」

アホか。本名がバレてしまうような偽名を思いつくとは。

「トラオさんは学生さんかな。いいですね、未来が明るくて」

「そうでもないです。俺なんかなんの取り柄もないし」思わず言ってから、慌てて謝る。

「すいません、変なこと言って」

彼はマグカップを傾けながらまっすぐな視線をよこす。

「僕だって、なんの取り柄もないですよ」

太雅は思わず声に力が入る。

「いや、めちゃくちゃ格好いいじゃないですか。見た目って、やっぱり大事っすよ」

「ありがとうございます」一瞬だけ照れたように笑みを浮かべたのち、真顔に戻る。「ですが、時代の変化が速すぎてついていけないんです。僕はどちらかというと慎重なほうなので、余計にそう思うのかもしれませんが」

「慎重ってことは、ちゃんと考えているってことですよね。羨ましいです。俺はいつも流されてばかりで……」

愚痴になっているなと思いつつも、さらに話したい気分になって続けた。

「弟がいるんですけど、俺と違って優秀で、目標に向かって邁進していて、なによりいい奴なんですよ。なんでも持っている人間って、いるんですよね。それに引き換え、俺は勉強はできないしどんなことも長続きしないし、特に夢もない」

彼は静かに聞いてくれている。

「それに運もないんです。バイト先では愚痴ばっかり言う店長につかまってずっと聞かされ役です。バイト仲間はそれを冷ややかな目で見るんですよ。まるで俺がサボっているみたいに。聞きたくて聞いているわけじゃないのに」

「それは大変だ」

彼は眉根を寄せ、小さく首を振った。その仕草がひどく絵になる。単に顔がカッコいいというだけでなく人間としての厚みのようなものが感じられ、太雅はもっとしゃべりたくなった。

「俺の親父は、バブルのピークのころに社会人になったそうです。中堅の玩具会社の事務職だったけど初任給がめちゃくちゃよくて、ボーナスもたっぷり出たって」

「バブル、ですか」

「でも、今はそういう時代じゃなくなった。よっぽど優秀な奴じゃないと高い給料はもらえないだろうし、そもそも俺みたいに三流大学じゃあ、就職さえできるかどうか」

「確かに、時代によってさまざまな運不運もありますね」

「バイト先の店長は、バブルのときは『取りあえずみんなが儲かって幸せだった』って愚痴るし、中年のお客さんも『昭和はよかった』って言ってたな」

羽野島は愁いを含んだ表情を浮かべる。

「昭和といっても長いですからね。戦時中は大変だったわけですし」

「そうか。昭和ってええと、六十三年もあったんだから」

「この喫茶店は昭和の初めにできたのですが、そんな時代も潜り抜けてきたんですよ」

思わず店内を見回すと、店員は慈しむように首を巡らせた。

「途中で改装もしましたけれどね。昭和の初めからずっとあるのは、トラオさんが座っているソファと、大時計、それに蓄音機くらいですか」

太雅は再び、年代物の大時計を見つめた。

「あれ？　時計、遅れていたりしますか」

店に入ったときに携帯で確認した時刻から、ほんの数分しか進んでいない。

羽野島はゆったりと大時計に近づき、彼の顔より大きな文字盤を見つめた。

「ここでは時が止まったように感じるんですよ」

妙に説得力がある。こういう店でまったりしていると、時間を忘れてしまうのだ。コートのポケット内の携帯に視線をやるが、着信の点滅はまだない。

ひょっとして、野村にも見捨てられたのかな……

コーヒーを飲み干すと、太雅はふいに悲しくなってつぶやいた。

「俺、昨日、かなり真剣に思ってた彼女に……たぶんフラれました。理由は、俺が意見を言わないかららしいです。自分の意見なんて特にないだけなのに……こういうのも、やっぱり運がないんですかね」

羽野島は時計の前に立ち、じっとこちらを見つめていた。静かな時を刻む音が彼から発せられているような不思議な感覚に囚われ、感情が昂った。

「どうせ俺なんか、生きている価値もないんすよ」

言ってしまってから、恥ずかしくなって下を向く。店員さんもあきれているだろう。まったく、俺って……

「音楽をかけても？」

顔を上げると、彼は古びた蓄音機の前に立っていた。太雅がおずおずとうなずくと、慣れた手つきでレコードをセットしてレバーを回し、針を載せる。

独特の雑音のあと、レトロな感じのゆったりしたメロディが流れてきた。昔の歌謡曲ってちょっとダサいイメージがあったが、これはモダンでおしゃれな雰囲気だ。そう、タンゴみたいな感じで、ドラマチック。

男性の朗々とした声が響く。

〝男女が小さな喫茶店で、お茶とお菓子を前に黙って向き合っている〟……という内容だ。

昨日の、小夜とのファストフード店でのやりとりを思い出す。この曲がかかっていたらぴったりだったかもしれない。互いに言葉をのみこみ、ただただ音楽を聴いているなんて。

三分少々の曲はあっという間に終わった。胸が切なくなり、言った。

「もう一回かけてもらってもいいですか」

再び針が落とされる。

脳裏に、モノクロ映画のワンシーンが浮かんだ。

若い男女が喫茶店で向かい合って座っている。二人とも真面目そうな雰囲気だ。明らかに互いを意識しながら、目の前のテーブル上を頑なに見つめている。

テーブルにはコーヒーカップと、小さな皿に載せられたドーナツのような菓子。さきほど供されたものとよく似ていた。

二人の肩に力が入っているのが見てとれ、視線はじれったいほど合わない……

太雅の胸は我がことのように痛んだ。

なぜ黙っているんだろう。互いに愛の告白をしたいけれど、恥ずかしくて言い出せないでいるんだろうか。

それとも別れ話をするところなのか……

羽野島はゆっくりと言った。

「『小さな喫茶店』という曲なんですが、この歌詞のようなことが、以前、僕にもありました」

「……彼女さんと、こういうふうに黙りこくっていたんですか」

「互いに結婚を考えているときでね。いろいろと事情もあり、僕は即断できず、せっかく二人で会えたのに黙りこくっていました」

そのまま沈黙が続く。

聞くのが恐かったが、でも尋ねてしまう。

「ど、どうなったんですか」

彼はゆったりとカウンターに戻り、マグカップを持ち上げた。

「お茶とお菓子が助けてくれました」

どういうことだろう。

「甘いものが大好きな彼女が、サツマイモを練ってドーナツ状にして出してくれたんですが──」

「サツマイモのドーナツか。どんな味だったのかな」

彼は破顔一笑した。

「サツマイモの味しかしません。ただ、練っただけですから」

「揚げたりしていなかったんですか」

「ええ。お茶も、こんなちゃんとしたコーヒーではなく、ありあわせのものでした。二人は黙りこくってお茶を飲みお菓子を食べた。やがて、彼女が急に笑い出して言ったんです」

羽野島は思い出すように少し上方を向いた。太雅は前のめりになる。

「なんて？」

「コーヒーとドーナツの相性がいいのは、違うからだよね、と」

「……はあ」

「僕と彼女は性格が異なりました。僕はあれこれ考えすぎてなかなか動けないタイプです。一方、彼女は思いついたら即実行。無謀と思えることにも、どんどん飛び込んでいくんです」羽野島は嬉しそうに続けた。「そんな彼女が、こう言ったんです」

――違うから相性がいいって、最強じゃないかしら
「違うから、いい？」

「僕は慎重すぎて将来の展望をもつことが苦手だったんですが、彼女にはキラキラした夢があった。彼女が甘くてボリュームたっぷりのドーナツなら、僕はその甘みを引き立てるコーヒーになればいい。違うからできることもある。そんなふうに考えたら、自分の役割が見えてきたんです」

「どんな、役割ですか？」

彼は澄んだ瞳で答えた。

「彼女の夢を応援する、ということですよ」

応援することが役割……

「それが次第に、自分の夢や目標になっていきました」

「羽野島さんはその夢のためにこのお店をやっているんですか」

「まあ、もともとあった店を継いだんですがね」

彼がカウンターにあるハガキ大のフレームに視線をやったので、太雅もそれを見つめた。

おじいさんとおばあさんが並んで笑っているイラストが入っている。

この二人が始めたお店かもしれない。彼が絵を見つめながらつぶやく。

「もう少し若い感じに描いてもよかったな」

彼が描いたのかな。太雅はお世辞の意味も込めて言った。

「でも、とっても仲良さそうで、いい絵です」

「それはどうも」

羽野島は心底嬉しそうに笑った。なんの取り柄もないなんて言っておきながら、イケメンだしコーヒーを淹れるのがうまいし、絵もうまい。それに引き換え……

太雅はつい、大きなため息をついた。

「羽野島さんみたいに、どうしたらなれるんですかね。俺は、そんなふうに前向きに考えることができない。夢もないし」

店員は穏やかに言った。

「夢は、自然に湧き上がってくるものだと思います。だから〝ないときはない〟でいいんじゃないですか」

それはそうなのだが、ちょっと反論してみたくなった。

「でも、それだと前に進めていないって思っちゃう気がするんですが」

「では、僕のように誰かの夢を応援してみるのはどうでしょう」

「自分の夢じゃないってことは、自分は頑張ってない感じがするし、他人が夢を叶えたとして、嬉しいものでしょうか」

「少なくとも」確信に満ちた表情で顎を引く。「僕はとても嬉しい」

彼の瞳が力強く輝き、映画のクライマックスシーンを髣髴《ほうふつ》とさせた。

「人間は往々にして自分のことしか考えていない。でも、自分以外の人のために一喜一憂できるって、とびきり幸せなことなんですよ」

嚙み締めるようなそのセリフに、太雅の心は大きく揺さぶられる。

誰かのために一喜一憂するなんて、これまで真剣にしたことがあっただろうか。「自分がない」「主張がない」と言いつつ、結局、己のことしか考えていなかったのかもしれない。

　小夜が嬉しそうにスイーツの話をするのを見ていると自分も嬉しくなった。でも、それで終わりだ。じゃあ小夜の夢のためになにかしてあげよう、と思ったことはない。

　羽野島はしみじみと言った。

「僕は彼女の話を聞いて思ったんです。コーヒーはそれだけでも主役になれる。また、ドーナツはそれだけでも美味しい。でも二つが一緒になったときに別の感動が生まれるんです。人も同じです。一人ではできなくても、誰かと、なにかと出会うことで、運命が変わるかもしれない」

　彼は、この場を大きく包むように両手を広げた。

「人と人との出会い。美味しいものとの出会い、それから、なにかのきっかけとの出会い。この店がそんな出会いの場になってくれたらいいと、僕は思っています。人は前に進もうとするとき、後押しが必要な場合がありますから」

　わかる気がした。ここがほっとできる場所だったから、自分も打ち明け話をする気になったのだ。

「俺、自分の意見がないって思っていましたが、それは『どうせ～できない』って最初からあきらめて、持とうともしなかったのかもしれないな」

　彼は目を細めた。

「ひょっとするとトラオさんは優しすぎるのかもしれません。相手のいいようにと気を回し、言えなくなってしまう。でも、一生懸命考えて、自分が今こう思っていると伝えることも、優しさのひとつだと思いますよ」

小夜に対してそうしてこなかったことを後悔した。がっくり頭を垂れてつぶやく。

「もう、遅いかも」

彼女は愛想《あいそ》を尽かしていたようだった。どうせ今さら言っても……

「〝かも〟なら、まだ間に合います」

はっと顔を上げる。羽野島の表情は真剣だった。

「自分の夢が持てない。はっきり主張できない。ならば、そのことだけでも相手に伝えてはいかがですか。言葉に出さないと伝わらないことは意外と多いものですよ」

彼の言葉が心に染みこんでくる。

「僕は、自分の大切な人たちにもっと想いを伝えればよかったと悔やむときがしばしばあります。トラオさんは、後悔する前にぜひ体当たりしてください」

ふつふつと勇気が湧いてきた。

自分の夢はすぐには見つからないだろうけれど、彼女には伝えられそうな気がする。

――小夜の夢を応援させてもらってもいいかな……

太雅は立ち上がりコートを羽織る。携帯をちらりと見るが、着信ランプは点滅していない。とにかく外で待とう。気の進まないバイトだが、お金が手に入ったら小夜が好きなスイーツをたくさん買って持っていけるし。

コーヒー代をテーブルに置き、小皿にひとつ残った菓子に目を留める。

「これ、持っていってもいいですか」

羽野島が透明な袋に入れてくれた。ポケットに入れようとして、中のものに気づく。小夜が置いていったコンビニドーナツだった。

「代わりと言ってはなんですけど、これどうぞ」

羽野島は涼やかに微笑んだ。

「幸運のお菓子の交換ですね」

運が向いてくるかもしれない。太雅は明るい気分になった。気の持ちようって大事だなと思いつつ店を出る。

路地をベンチのあたりまで歩いたとき、携帯画面を見て驚く。

さきほど喫茶店に入ったときから一時間以上が過ぎていた。そんなバカな。大時計を何度も見たが、そんなに経っていなかったはずだ。

しかも、着信履歴が山ほど入っている。

そして野村からのショートメール。

——もういい。他に頼んだ

あの店の中は電波が届かなかったのか。いまどき都会でこんなことが起きるとは。いや、それに気づかなかったのがいけないのか。

やっぱり俺は、なにをやっても……

鬱々《うつうつ》として商店街に出ると、中高年女性三人がコートも着ずに固まってなにやら話している。

通り過ぎるとき、声が聞こえてきた。

「恐いわねえ、こんな近所のおうちでオレオレ詐欺なんて」

「幸い、不審に思ったおじいさんが家族に相談したので、警察が待機して、お金を受け取りにきた人間を逮捕したそうよ」

「犯人、若い男の子だったんでしょ」

冷や水を浴びたような衝撃を受けた。

「そういう子、バイト感覚で詐欺に加担するのよ。なにも考えていないのね」

彼女たちが見守る方向の路地から、パトカーがゆっくりと出てきた。

身体ががくがくと震える。

急いで路地に戻り、《喫茶おおどけい》のドアを引っ張った。

「あれ、鍵が」

何度も押したり引いたりしてみるが、一向に開かない。

羽野島さん、どこかに買い出しにでも行ってしまったのか。悄然として路地を歩き出すと、ドアが開く気配がしたので慌てて振り返る。

顔をのぞかせたのはイケメンの若い人。

しかし、さきほどの羽野島ではなく、髪にウェーブがかかった線の細い青年だ。分厚い縕袍《どてら》を羽織っている。

「すみません、お客さんですか？」彼は熱を帯びたような顔で言う。「年明けは今日からだったんですが、僕が風邪をひいてしまって営業は明日からに」

太雅は駆け寄った。

「あの、羽野島さんは」

「はい、僕ですが」

兄弟か親戚かな。そういえば少し似ている。

「いや、そうじゃなくて、別の」

「ハッ子さんですね。今ちょっと、僕の薬を買いに薬局へ」

「ハッ子さんという人にも会ってみたいですけど」太雅はまくしたてた。「さっきの、髪が短くて凛々しい感じの超イケメンの人は」

ウェーブ髪の青年は目を見開き、顔をさらに赤くした。

「短髪のイケメン？」

「あなたくらいか、もう少し若い感じの、背が高くて眉毛がキリッとしていて、白いシャツの袖をまくり上げたカッコいい人です。確かに羽野島って名乗ってました。穏やかで、俳優みたいに絵になって、コーヒーを淹れるのが上手で」

「……その人が、ここに、いたんですか？」

「サービスでお菓子も出してくれました。どうしてもお礼が言いたいんですが……」

青年が、太雅の両肩をぐいと摑んだ。

「どんな話をしたんですか」

「えっ？」

「教えてください。なにを話したんですか」

真剣な表情に気圧《けお》され、できるだけ詳しく会話を再現した。

「『自分以外の人のために一喜一憂できるって、とびきり幸せなことなんですよ』って言葉が、とっても印象的でした」

青年はがっくりと膝に手を当てる。

「風邪をひいていなければ、その場にいられたかもしれないのに……」

悔しそうに膝を拳で叩いた。あの人と会いたかったようだ。きっと寝込んでいて、彼が来たことに気づかなかったのだろう。

だが、俺も彼に会いたい。

「羽野島さん……さっき会ったほうの羽野島さんは、どこかへ行ってしまったんですか」

青年はようやく少し落ち着いて、太雅を見つめてきた。

「そのようですね。彼はさきほど、どんな様子でしたか」

「とっても優しくて、俺のこと励ましてくれました」思い切って話す。「俺、実は昔の友達に誘われて怪しいバイトをしようとしていたんですけど、外で待ってるのが寒くて、たまたまこの店に入ったんです」

「たまたま……ですか」

「羽野島さんといろいろ話しているうちに時間が過ぎて、バイトに間に合わなくなって。でも、それでよかったんです」

ウェーブ髪の青年は考え込んでいる様子だ。太雅は構わず続けた。

「羽野島さんが助けてくれたんです。あの人がお茶うけにお菓子を出してくれなかったら、あんなふうに長話をすることもなかった。もしすぐに店を出ていたら、俺は……」感情が昂り、声が震えた。「あの人にお礼を言っておいてもらえますか。ここに来ることができてホントにラッキーだったたって。やっぱり幸運のお菓子ってあるんですね！」

「あら、ハヤテさん」

路地の向こうから声をかけてきたのは、かなり高齢に見える小さなおばあさんだ。

「寝ていなくて大丈夫なの？」

ハヤテと呼ばれた青年は鼻をすすって答えた。

「今、ドアで音がしたのでハツ子さんかと思って」

このおばあさんがハツ子。あの羽野島さんとはどういう関係だろう。

彼女は太雅を見て福々しく微笑んだ。

「お客さん、お店は明日からですけど、よかったらコーヒーでも淹れましょうか？」

太雅は明るく答えた。

「今日は大丈夫です。もうコーヒーと小さいドーナツをいただきましたから。表面に白いチョコがマヨネーズみたいにかかったお芋味のお菓子、美味しかったです。俺が持っていたドーナツと交換しました。つまり、幸運の交換です！」

再びぺこりと頭を下げる。

「また来ます。ぜったいに来ます」

ハツ子はあら、という表情で顎を引いた。「またいらしてね」

真っ赤な顔の青年もつぶやいた。「お気が向いたら、ぜひまたどうぞ」

太雅は駅へ走った。

中野にある、小夜が通う専門学校の門前で待つ。昼時のせいか、たくさんの学生が出てきた。

「小夜！」

太雅を認めた彼女は、気まずそうな表情を見せる。

「あの、あのさ」コートのポケットから透明な袋を出して見せた。「珍しいお菓子をもらったから、小夜が食べたいんじゃないかと思って」

彼女は菓子を見て、目を見開いた。

「それ、ドーナッチョじゃない？」

袋を受け取り、興奮気味に続ける。

「私たちが生まれる前に流行ったお菓子よ。もう作っていないの。一度食べてみたいと思っていたのよ。ほら！」

携帯を操作し『昭和の懐かしいお菓子』のサイトを開く。

「よく似てる。もしかするとあの店主は、それに似たお菓子を作ったのかもしれないな」

「どんなお店？」

「たまたま行った東中野の、小さな喫茶店で」

「いいなあ。今度、そこに連れていってくれる？」

「うん、一緒に行こう」

二人は一瞬、黙って見つめあった。

やがて彼女は恥ずかしそうに言った。

「昨日はごめん。正月に両親から、付き合っている人がいるなら紹介しなさいって言われて、それで、太雅くん私のこと本気なのかなって、ちょっと焦っちゃって」

「俺こそ、いつもちゃんと言えなくて、ごめん」

きちんと伝えねば。小夜を応援したいと思っているって。

しかし、照れ臭くてなかなか言えない。二人はまた見つめあった。

太雅の頭の中にはあのレコード曲が流れている。

「……取りあえず、それ、食べてみなよ」

「二人で分けよ」彼女が輝くような笑みを見せる。「コンビニでコーヒー買って、公園で」

太雅は大きくうなずいた。

幸運のお茶とお菓子があれば、ちゃんと言える気がした。

また明日

ハツ子は店に入ると、薬の入った袋をカウンターに置いた。

「薬をもらうついでに友輝さんとつい話し込んでしまって、すっかり遅くなってしまったわ。ごめんなさいね」

ハヤテは首を横に振り、重い身体を引きずってソファ席にへたり込んだ。

ハツ子は明るく続ける。

「おまけにご近所の三人組が入ってきて、近所で特殊詐欺未遂事件が起きた話を始めたものだから、さらに長引いて」

ハヤテはのろのろと顔を上げた。

「詐欺未遂?」

「直前に家族が気づいて警察に通報したから、受け取りに来た若い男を捕まえることができたそうよ」

さきほどの若者の言葉を思い出す。

──怪しいバイト……間に合わなくなって
ハヤテは大きな背もたれに深く身体を預けながら、つぶやいた。

「彼は免れたってことか」

「そういえば」ハツ子がコートを脱ぎながら言う。「さっきの若い方が言っていたお菓子って、ドーナッチョ2のことかしら」

「ドーナッチョ？」

「二十年以上前にすごく流行ったお菓子なの。コマーシャルで天使の格好をした芸人が出てきたりして話題になってね。それに似たお菓子を作ってお客さんにサービスで配ったことがあるわ。もともとうちで出していたサツマイモのドーナツをアレンジして、『幸運のお茶うけ菓子ですよ』って言いながら」

「幸運の菓子だったの？」

「いや、なんとなく雰囲気で。ありがたい感じがしていいでしょ」

ハヤテは思考を巡らせ、聞いた。

「それ、正確にはいつごろのこと？」

「ドーナッチョ2が流行ったのが昭和の最後のころ。だから六十三年ね」

カウンター端のカレンダーを見上げた。

「今日は一月七日……昭和が終わったのもそんな日付だったよね」

「昭和六十四年一月七日」ハツ子もカレンダーを確認する。「ちょうど二十七年前に昭和天皇が崩御されたのだわ」

「それが、昭和最後の日だった……」

「そういえば、ご崩御のニュースを見ながらそのお菓子を食べたような記憶があるわ。昭和が終わったんだなあと、しみじみと話したものよ。確か、若い男性のお客さんとだったわねえ」

昭和の終わった日か。

ハヤテは昨夜、急に熱を出して一晩うなされた。今朝はハツ子に薬局に薬を買いにいってもらい、二階で寝ていた。十時過ぎに喉が渇いて階下に行き、店のドアががたがた揺れているので開けてみると、見知らぬ若者が立っていた……

興奮気味の若者の話から推測するに、彼は昭和最後の日の《おおどけい》に行ったようだ。

異例だな、とハヤテは思った。

若者はいきなり過去へタイムスリップした。そんなことはこれまでに起きたためしがない。大時計は、悪事に手を染めそうになっていた彼を店に呼び込んで時間を稼ぎ、行かせないようにしたのに違いない。ハヤテもハツ子も店にいなかったから、いきなり昭和時代へ送ったのだろう。そこまでは何となく理解できた。

だが昭和六十四年に若き祖父がいたというのが解せない。

父の若い頃かとも思ったが、ハツ子似の父、優一は丸顔で、凛々しいイケメンのイメージとは程遠いし、年齢も合わない。

おじいちゃん、どういうこと？　昭和の時代なら自由に移動できるの？

ハツ子が厨房から声をかける。

「さっきの人とここでコーヒー飲んだの？」

いや、と言おうとして、顔を上げた。ふらつく身体でキッチンに駆け込む。

ハツ子の指差した水切りの棚には、コーヒーカップとソーサーと小皿、それにハヤテがいつも使うマグカップがきちんと洗われて置かれていた。昨夜、片付け物は戸棚に仕舞い、それ以降はキッチンに入っていない。これは、いったい……

表情を変えないように努め、返事をする。

「ああ、うん。彼が寒いって言うから」

水切り棚の陰に、五百円硬貨とコンビニ袋が置かれているのに気づいた。これも昨夜にはなかったものだ。袋の中を覗き込む。最近流行りのコンビニドーナツが二つ。なぜこんなものが……

ふいに目を見開く。

「さっきの彼！　……幸運の交換って」

「どうしたの？」

大時計に視線を走らせ、こっそり携帯で時間を確認する。

「なんでもない」声が震える。「まだ少し熱っぽいだけ」

「薬飲んだらもうひと眠りしなさいな。七草《ななくさ》がゆの準備を母屋にしてあるから、あとで食べましょう」

「ありがとう」

祖母は一瞬訝しげな表情を見せたが、にっこり笑うと母屋へと下がっていった。

ハヤテは大時計に駆けより、再び携帯で時刻を確かめた。

時計は一時間近く遅れている。ハヤテが知る限り、こんなにずれたことは一度もない。

昨夜、高熱でフラフラになりながらもネジを巻いたのに。

祖母が気づかないうちに戻さねばと、震える手で針を現在時刻に合わせた。

「なんで、こんなことが」

ハヤテはがっくりソファに座り込んだ。

コンビニドーナツのラベルの日付は昨日だった。もしあれが若者の持ち込んだ菓子だとしたら、なぜ現代にあるんだ。彼は昭和にタイムスリップして、祖父とお菓子の交換をしたのではなかったのか。

そもそも、鍵がかかっていたのにどうやってこの店内に……

悶々と考えたあげく、少しだけ迷った末に電話をしてみる。

ツーコールでつながった。

『ハヤテさん。あけましておめでとうございます』

「理央くん」ハヤテの声が上ずる。「三学期はまだだった？」

バイオリン少年の声ははきはきとしていた。

『明日からです。今はレッスンを待っているところ』

「正月明けから、もうレッスンなんだ」

『三月のコンクールにエントリーしたので、ずっと練習です』

「頑張っているんだね」

理央は少し間を開けて、聞いてきた。

『なにかあったんですか？』

ハヤテの動揺は声に出ていたのだろう。さきほど若者から聞いた話と、昭和最後の時期に流行ったお菓子、忽然と現れたカップやコンビニ袋のことを話した。

少しの沈黙ののち、理央の落ち着いた声が聞こえてくる。

『栄一さん……ハヤテさんのおじいさんは、その人に悪いことをさせたくなかったんですね。いつもみたいにハヤテさんたちがいれば、その人が店に入ってきて、大時計が昭和の最後の日に連れていったんだと思う。ドーナッチョ2に似たお菓子が、その男の人を救うなにかのヒントになるから』

「……うん」

『でも、今日は店に誰もいなかった。だからおじいさんが昭和の最後から無理やり飛んで……ワープ？　みたいな感じで、現在の《喫茶おおどけい》にやってきて、その人を招き入れたんじゃないかな。そのときにお店の中は時間が止まったようになって、携帯も繋がらなかったのかも』

明快な推理に、ハヤテの心臓は高まった。

「僕が知る限りこれまで、時間は過去に戻るだけだった。現代から行った人が戻ってくることはできたけれど、過去の人が現代にやってくることはまったくなかったんだ。なのに、どうして……」

また少し間があいたのち、理央のあたたかい声が聞こえてきた。

『おじいさんは、今日のその人と同じくらいの年齢で結婚して、それからあんまり経たないうちに戦争に行ったんですよね』

「うん。ハツ子さんが言っていた。いつ赤紙が来るかわからない時期の結婚におじいちゃんは躊躇したけど、自分が明るく促して夫婦になったって」

『それで、戦争が終わったら今度はシベリアに送られてしまったんですね』

そのまま、彼はまだ戻っていない……

理央はゆっくりと言った。

『おじいさんは、自分が実際にやりたいと願ったことを、その若い人にもしてほしかったのかも』

――自分以外の人のために一喜一憂できるって、とびきり幸せなことなんですよ
『だからどうしてもその人を助けたくて、現代へやってきたのかも』

少年の言葉がじんわりと胸に染みる。

「ありがとう」ハヤテは静かに言った。「頭が混乱していたから、助かったよ」

理央の声が弾んだ。

『ハツ子さんの旦那さん、会ってみたいな』

僕も会って話したい。おじいちゃん、ずるい。誰もいない間にやってくるなんて。

「レッスン頑張って」と電話を切り、カウンター上のイラストを見つめた。

ここ数年、毎年六月のハツ子の誕生日に、栄一が生きていたらおそらくこんな感じになっているだろう、と二人の似顔絵を描いてきた。これは昨年のものだ。白髪、白いヒゲ、皺だらけの笑顔の栄一と幸福そうに微笑むハツ子。

おじいちゃん、これを見てどう思ったかな。もっと格好よく描いてくれと文句を言っただろうか。

またいつか、ここに来てくれるだろうか。それとも、ハツ子が元気で、悩める人々をち

ゃんと癒しているうちは現れないんだろうか。

薬を飲んでいると、ハツ子がメイドエプロン姿で現れた。

「まだ起きてた？　おかゆできたけど、食べられるかしら」

「うん、食べたい。元気になってきた」

祖母は、よしよしとうなずいた。

「母屋に来てね」行きかけて振り向く。「明日からお店に出られそう？」

「今日寝ていれば大丈夫」

ハツ子は満足げにうなずく。

「みなさん、豪華な食事は食べ飽きているでしょうから、お茶と軽いお菓子のセットを正月明けの目玉にしようかしら。今日のうちに仕込んでおきましょうかね」

ハヤテは言ってみる。

「明日のお菓子は、さっき言ってたサツマイモのドーナツで、どう？」

「いいわね。久しぶりに作ってみましょう。〝幸運のお茶うけ菓子〟としてお勧めするわ」

「気は心、っていうやつだね」

「そうそう」ケラケラと笑う。「気持ちは大事よ～」

ハツ子に続いて母屋へ行こうとしたハヤテは、振り返って古時計を見つめた。

ハツ子の熱い想いを支えて応援したいと願う栄一の愛情が、時計に奇跡を起こさせるに違いない。

大時計は、すなわちおじいちゃんなんだ。

彼はこれまで、たぶん遠い北の彼方《かなた》からずっとお店を見守ってきた。

これからも見守ってくれるだろう。

この店が『美味しいものを食べながら、ほっとするひとときを過ごせる場所』であり続けるために。

◆この作品はフィクションです。実在の人物、団体等には一切関係ありません。
◆本書は双葉文庫のために書き下ろされました。

双葉文庫

う-21-01

レトロ喫茶《きっさ》おおどけい

2023年8月 9 日　第1刷発行
2023年9月15日　第2刷発行

【著者】
内山純《うちやまじゅん》

【発行者】
箕浦克史
【発行所】
株式会社双葉社
〒162-8540 東京都新宿区東五軒町3番28号
［電話］03-5261-4818（営業部）　03-5261-4833（編集部）
www.futabasha.co.jp（双葉社の書籍・コミックが買えます）
【印刷所】
中央精版印刷株式会社
【製本所】
中央精版印刷株式会社

【フォーマット・デザイン】
日下潤一

ISBN978-4-575-52684-4 C0193
Printed in Japan